– 3 –

YASEMINS RACHE

Eine Stimme unter Tausenden

Nurgül Sönmez

Bibliografische Information der Deutschen Nationalbibliothek: Die Deutsche Nationalbibliothek verzeichnet diese Publikation in der Deutschen Nationalbibliografie; detaillierte bibliografische Daten sind im Internet über http://dnb.dnb.de abrufbar.

Die automatisierte Analyse des Werkes, um daraus Informationen insbesondere über Muster, Trends und Korrelationen gemäß §44b UrhG (Text und Data Mining") zu gewinnen, ist untersagt.

© 2021 Nurgül Sönmez

Lektorat: Nurgül Sönmez
Korrektorat: Luther v. Georg - Corinna Feldmann
Weitere Mitwirkende: Gamze Taşdemir

Verlag: BoD · Books on Demand GmbH, Überseering 33, 22297 Hamburg, bod@bod.de
Druck: Libri Plureos GmbH, Friendensallee 273, 22763 Hamburg

ISBN: 978-3-7693-1946-0

YASEMINS RACHE *3*

Übersetzt aus dem Original türkischen, erschienen 2021 ©

Nurgül Sönmez

Übersetzerin / Lektorin: Nurgül Sönmez

Korrekturlesen: Corinna Feldmann

Korrekturlesen: Luther v. Georg

Buch Cover: Gamze Taşdemir

Buchsatz / Illustratorin: Gamze Taşdemir

Autorin:

✉ ns.nurgulsonmez@gmail.com

🅵 nurgulsonmez

📷 nurgulsonmezofficial

Team:

g.tsdmrr@gmail.com

nurgulsonmezofficial

nurgulsonmez

Für alle Buchliebhaber...

Autoren Vita

Nurgül Sönmez

21.08.1979
Deutschland

In den Jahren zwischen 1995-2020 wurde sie oft ausgezeichnet.
Bereits im Jahr 1995, begann sie zu schreiben und verfasste unzählige
Gedichte, Songtexte und Romane.
Geschrieben nach wahren Begebenheiten. Die Rechte an über 50
Romanen und über 2500 Songtexten wurden von verschiedenen
Verlagen und berühmten Komponisten übernommen.
Nun steht sie nicht mehr hinter den Kulissen,
sondern mit ihren Werken mitten auf dem Podest.

Nurgül Sönmez
– Schriftstellerin –

WERKE DER AUTORIN

- **2014** erschien ihr erstes Buch Namens ANA (Poesi) (Türkisch)
- **2015** YASEMİN'İN SAVAŞI (Türkisch)
- **2017** YASEMİN'İN İNTİKAMI (Türkisch)

2021

- Matilda (Türkisch, Deutsch)
- 1001 GECE YERİNE – BİN BİR GÜN (Türkisch)
- STATT 1001 NACHT - TAUSENDUNDEIN TAG (Deutsch)
- YASEMİN'İN ÇARESİZLİĞİ 1 (Türkisch)
- YASEMİN'İN SAVAŞI 2 (Türkisch)
- YASEMİN'İN İNTİKAMI 3 (Türkisch)

2022

- Matilda (Englisch)
- YASEMINS VERZWEIFLUNG 1 (Deutsch)
- MAAROUF (Türkisch, Deutsch)
- INSTEAD OF 1001 NIGHT - THOUSAND AND ONE DAY (Englisch)
- YASEMINS KAMPF **2** (Deutsch)

2023

- YASEMINS RACHE 3 (Deutsch)

2024

- MAAROUF (Englisch)
- YASEMIN'S DESPERATION 1 (Englisch)
- YASEMIN'S STRUGGLE 2 (Englisch)
- YASEMIN'S REVENGE 3 (Englisch)

Alle Bücher wurden ins Französische übersetzt und sind für die kommenden Buchprojekte geplant. Danach folgen Übersetzungen ins Arabische und Spanisch. Bei Interesse und Nachfrage auch in weiteren Sprachen.

Ihre Werke © basieren auf wahren Begebenheiten und unterstützen weiterhin soziale Projekte mit dem Erlös der Bücher.

Sehr bald auch als Hörbücher erhältlich!

Nurgül Sönmez
– Schriftstellerin –

Tausende Stimmen können die Hoffnung
für Eine Stimme sein

Rache!

Das Einzige, das Yasemin weitermachen lässt.
Jeder von ihnen wird ihre Wut und den Schmerz der letzten
Jahre zu spüren kriegen.

Egal wie viel Zeit verging, Yasemin schwieg nicht.
War das die Erfüllung von Wahrheit und Gerechtigkeit?
Schafft es die mittlerweile erfolgreiche Geschäftsfrau
Vergeltung auszuüben?

Die letzte Folge von Yasemin und ihren Geschwistern.
Es werden alle Fragen beantwortet, Wege zum Frieden
beleuchtet, verschlossene Türen geöffnet und Ausdauer, Kraft,
Erfolg und Geduld belohnt werden...

"Geschrieben nach einer wahren Begebenheit"

Als Yasemin sich ihrer inneren Welt und den Negativitäten, die sie während ihres Kampfs erlebt hatte, durch die Audioaufnahmen konfrontiert sah, kamen die Gefühle der Rache unversehens in ihr hoch. Ich dachte, es sei ein momentanes Gefühl, als ob es kommen und gehen würde. Aber es kam und acht Jahre später war es immer noch nicht verschwunden. Das hatte ich gehört, gesehen und verstanden.

„Acht Jahre." Wie Yasemin uns noch erzählen würde, waren es acht Jahre. So begann ich mich zu fragen, was Yasemin in dieser Zeit aufgenommen hatte. Welche Entwicklungen und Veränderungen sie in ihrem Leben durchgemacht hatte, konnte ich mir später auf ihre Audioaufnahmen anhören, die sie mir nach und nach zugeschickt hatte, so konnte ich das Material zu einem Buch verarbeiten. Meine Fähigkeit zu schreiben würde davon abhängen, wie Yasemin die Bänder schickte.

Ihre erste Kassette hatte sie mir bei unserem letzten Treffen, was ein Abschied war, zusammen mit ihrem Aufnahmeassistenten gegeben, damit konnte ich das Ende meines Buches Yasemins Kampf schreiben. Per Post kamen an meine Adresse die weiteren Bände, womit ich Yasemins Rache starten konnte.

Diesmal sollte es anders sein! Denn ich hatte von ihr keine Kontaktinformationen. Es war ein etwas seltsames Gefühl für mich, nicht zu wissen, wo sie war. Der Titel meines nächsten Buches wäre nicht "YASEMINS KAMPF", sondern "YASEMINS RACHE". Ich fand den Titel sehr passend, weil sie in ihren letzten Aufnahmen immer von Rache gesprochen hatte.

Aber ich wusste nicht einmal, was für eine Rache das war. Tatsächlich war ich beim Anhören der Bänder erschrocken. Natürlich hatte ich Angst nach solchen unangenehmen Ereignissen. Welche Gefühle hatte sie in ihrer inneren Welt, dass sie Rache als Ziel wählte? Wie würde ihre Rache aussehen? Mir war all dies nicht bewusst und ehrlich gesagt, waren mir irgendwie die Hände gebunden.

Falls die Frage erweckt wird, warum?

Was für eine "RACHE?", **dies** wollte ich herausfinden, während ich mir ihre Aufnahmen anhörte. War sie in eine gefährliche Situation geraten? "STOP YASEMIN!" Das konnte ich nicht glauben, auch nicht hinterfragen, denn ich hatte keine Möglichkeit, sie zu erreichen, um sie vor eine Gefahr zu schützen oder sie von einer Dummheit abzuhalten. Nur sie hatte meine Nummer, was mir gegenüber unfair war. Die Balance stimmte nicht, ich fand ihr Verhalten nicht richtig.

Und wenn das Wort „RACHE" fiel, wie weit wollte sie gehen, wann würde sie aufhören? »Was war, wenn Yasemin ein Verbrechen gesteht, das sie begangen hatte oder noch plante?«

Was sollte ich in einer solchen Situation tun? Ich denke, ich werde mich so verhalten, wie ich sollte. Wenn Yasemin ein Verbrechen gesteht, das sie begangen hatte, musste ich meiner menschlichen Pflicht nachkommen und sie anzeigen, egal wie sehr ich sie liebte und respektierte.

„Yasemins Rache!", bescherte mir Gänsehaut.

Es gab einen Unterschied zwischen Rache und Rache.

Während ich diese Zeilen schrieb, hatte ich noch keine Ahnung, welche Art von Rache uns erwartete. Eigentlich war es eine spannende Aufgabe für mich. Nach all den Jahren hatte ich ein riesiges Fragezeichen im Kopf.

Es blieb mir nichts anderes übrig, als abzuwarten. Mit jedem Band, welches sie schickte. Jedes Mal, wenn sie den blinden Knoten ein wenig löste, wurden die Fragezeichen nacheinander gelöst, aber wie lange würde diese Arbeit dauern?

Genau vier Tage nach unserem letzten Treffen erhielt ich das erste Band, drei Wochen später das zweite, welches sie in einen großen Umschlag gesteckt hatte. Es war nicht das erste Band, das ich mit gemischten Gefühlen begann. Was würde Yasemin mir aus diesen acht Jahren erzählen? Was hatte sie erlebt? Ich war aufgeregt, ich freute mich auf die Bänder.

KAPITEL 1

Warum hatte ich mich acht Jahre lang von all meinen Lieben distanziert? Beginnen wir mit dem Anfang.

Wenn Sie sich erinnern, hatten Nurgül und ich nach acht Jahren unser erstes, aber auch letztes Treffen, wenn auch nur kurz. Es war sehr spontan, aber die Sehnsucht war zu groß gewesen. Es war sehr aufregend für uns beide.

Natürlich konnten wir an dem Tag, an dem wir uns trafen, nicht acht Jahre in fünfzehn Minuten unterbringen. Auch wenn wir es gewollt hätten, denn der Moment war zu überwältigen, dass wir beide in der Cafeteria uns nur wie erstarrt ansahen. Wir waren sekundenlang unbewusst aufeinander fokussiert, ohne etwas zu sagen.

Und ... wenn Sie sich erinnern; Nach dem wir uns verabschiedet hatten, hatte ich Nurgül eine Aufnahmeassistentin gegeben und uns dann getrennt. Sie ließ mich nicht aus den Augen, bis ich außer ihrer Sicht war. Dieser Augenblick war für mich sehr bedeutsam. Also hatte ich nie aufgehört Aufzeichnungen zu machen, damit meine Gefühle und Gedanken nicht verschwendet wurden. Obwohl ich Nurgül zuliebe die Kommunikation abgebrochen hatte, hatte ich trotzdem ungewollt weiter Aufnahmen gemacht.

»Eines Tages!«, sagte ich voller Sehnsucht.

Ja, eines Tages! Wenn Gott so will, war ich sehr begierig, noch einmal von vorne anzufangen. Ich hatte mich auf diesen Tag gefreut, aber uns war das Wiedersehen nicht bewusst.

Irgendwann musste es wiederholt werden, dafür hatte ich gebetet. Zwischen meiner ersten und letzten Tonaufnahme lagen genau acht Jahre.

Tiefe Themen hatte ich aufgenommen. Diese wollte ich ihr einzeln schicken, ich hatte das Gefühl, dass es so sein musste. Aber ich wusste immer noch nicht, warum?

Während ich mit meinen Geschwistern am Frühstückstisch saß, war es wichtig, alle Entscheidungen gemeinsam zu treffen. Obwohl es nicht gewollt war, kamen wir zu einer Einigung:

»Zu unserer Vergangenheit müssen wir eine Grenze ziehen, um unser Leben von Grund auf neu beginnen zu können.«

Diesmal würden wir unser Leben selbst lenken. Andere würden unser Leben nicht mehr bestimmen dürfen. Ein ganz neues Leben erwartete uns. Es war ein riskanter Schritt, wir waren uns nicht darüber bewusst, was uns begegnen könnte.

Nach einiger Zeit hatte ich mich daran gewöhnt, neue Schritte zu gehen, denn jedes Mal musste ich neue Schritte in meinem Leben machen. Veränderungen fielen mir nicht schwer. Einige Leute, die ich kannte, sagten: »Ich könnte nie von null anfangen.« Es gab also diejenigen, die es tun und diejenigen, die es nicht konnten. Es hatte mir ehrlich gesagt auch nicht gefallen, mit meinen Geschwistern von null anzufangen, da ich mich jedes Mal in einer schwierigen Situation befand. Es gab Momente, in denen ein Mensch seine Macht und Kraft vom einzigen Gott nimmt, da Gott unsere einzige Zuflucht ist.

Auch wenn es mir nicht gefiel, *wie sollte man die ganze Zeit von null anfangen, um solche gefährlichen Momente abzuschütteln?*

Ich begann ein neues Leben, man hatte nicht die Zeit oder die Kraft. Es passierte von alleine.

Von nun an waren meine Aufzeichnungen die ersten Seiten eines neuen Lebens.

Den ersten Band hatte ich Nurgül geschickt. Sie wusste nicht, dass ich es ihr schicken würde. Zuerst war ich sehr neugierig, aber ich konnte mir vorstellen, was ihr in diesem Moment durch den Kopf gegangen war, als sie das Band gesehen hatte. Obwohl sie zu meinen Liebsten gehörte, wusste ich nichts über die Entwicklungen in ihrem Privatleben. Jetzt war es an der Zeit, meine Lieben zu sehen.

»Endlich war es so weit ...«

Nurgül und meine anderen Lieben, über die ich später noch sprechen wollte, gehörten nicht zu denen, an denen ich mich rächen wollte. Sie gehörten zu jenen, die ich liebte und beschützen wollte. Weil ich ihnen nicht wehtun wollte, hatten meine Geschwister und ich damals am Frühstückstisch eine sehr ernste Entscheidung getroffen. Obwohl uns dieser Entschluss sehr schwergefallen war, mussten wir ihn umsetzen. Wir hatten Angst, unseren Lieben zu schaden, und obwohl es schwierig war, hatten wir diese Entscheidung gemeinsam gefällt.

Es kann sein, dass ich vor acht Jahren weggegangen bin, um meine Geschwister und mich selbst zu schützen, sogar vor den Menschen, die ich am meisten liebte.

Ich war wütend auf mich selbst, weil ich meine Lieben verletzt hatte. Acht Jahre lang konnte ich meine Wut nicht überwinden. Vielleicht hatte ich es bis heute noch nicht geschafft.

Damals konnte ich nicht mehr im Land Nordrhein-Westfalen bleiben, daher war ich in ein anderes Bundesland in Deutschland gezogen. Diesmal war es eine Metropole … Über das Internet ging es sehr schnell. Innerhalb von ein oder zwei Tagen hatte ich die Stellenausschreibungen von fast fünfundzwanzig Friseuren zusammengetragen. Wohin unser Schicksal auch führte. Dieser neue Arbeitsplatz würde uns veranlassen, eine der wichtigsten Fragen unseres Lebens zu beantworten.

In welcher Stadt würden wir leben?

Im Internet suchte ich nach einem Friseursalon, dort sah ich die Bilder auf ihrer Website, dazu gab es Bilder von jedem Mitarbeiter. Die Bilder, die ich gesehen hatte, waren wunderschön. Dort wollte ich zur Probe arbeiten gehen. So sagte ich zu mir: »Was auch immer passiert, der Friseursalon öffnet um 7:30 Uhr.« Nachdem ich das Hotelzimmer gebucht hatte, packte ich eine kleine Tasche für meinen Bedarf und verabschiedete mich ohne Zeitverlust von meinen Geschwistern, dann machte ich mich auf den Weg zum Hauptbahnhof.

Dies war die erste Erfahrung, die wir als Geschwister machten. Es war das erste Mal, dass wir voneinander getrennt waren. Die Lebensumstände verlangten es, es war für jeden von uns eine Probe, wenn auch nur für einen Tag und für eine Nacht.

Während ich meine Tasche für meine Zugfahrt packte, hatten meine Geschwister Briochebrötchen und Snacks zum Abendessen zubereitet. Meine Bücher, die ich fertiglesen wollte, und natürlich mein Aufnahmeassistent würden mich auf dem Weg begleiten.

Viereinhalb Stunden würde ich mit dem Zug unterwegs sein, in unsere unbekannte Zukunft. Ich war ehrlich gesagt aufgeregt, aber dieses Mal war das Gefühl ganz anders. Wir wollten entscheiden, wohin wir gingen. Nicht andere würden für uns entscheiden. Wir würden nicht zwangsweise oder unfreiwillig einer neuen Situation ausgeliefert werden. Wir würden selbst entscheiden. Das hatte mir damals ein sehr gutes Gefühl gegeben. Ich erinnerte mich noch gut, dass es mein Selbstbewusstsein steigerte, mein Kopf war klar, mein Gang war gerade aufgerichtet!

„Der erwartete Tag" war gekommen. In diesen Zeilen können Sie nun lesen, was ich Nurgül geschickt hatte, wie ich verschwunden war. Ich werde dort weitermachen, wo ich im zweiten Buch geendete hatte.

Man braucht keinen Grund, um zu gehen,
wenn man keinen mehr hat, um zu bleiben.

KAPITEL 2

Diesmal wusste ich wirklich nicht, wie und wo ich anfangen sollte zu reden. Was war, wenn ich sagte, dass ich eine Last oder eine Stagnation hatte? Es tat mir leid, dass sich alles so entwickelt hatte. Ich war müde und fing mein Leben jedes Mal von vorne an. *Hatte ich nicht das Recht, ein ganz normales und geordnetes Leben aufzubauen, es zu führen, wie alle anderen auch?* Bisher war ich noch nie selbstständig gewesen, noch nie!

Alle Entscheidungen über unser Leben wurden von anderen für uns getroffen. Es interessierte niemanden, was wir wollten, obwohl es gegen unseren Willen war. Wir mussten die getroffenen Entscheidungen umsetzen.

Gerade stand ich zum ersten Mal vor einer Situation mit meinen Geschwistern alleine Entscheidung über unser Leben zu treffen, diese würde uns nicht leichtfallen. Es war eine schwierige Phase. Ein Wendepunkt, an dem wir den Kontakt zu all unseren Lieben abbrechen mussten.

Wenn es nur das wäre, würde ich sagen, was auch immer, aber meine Geschwister und ich würden eine ganz neue Seite aufschlagen. Wir wollten in einer neuen Stadt von null anfangen. Wir würden „Hallo" zu einem brandneuen Leben sagen, weit weg von allen. Wir gingen, ohne uns zu verabschieden. Mein Herz tat weh, es war zu schwer für mich, mich zu verabschieden. Manchmal müssen die Menschen die Entscheidungen, die sie in ihrem Leben trafen, umsetzen. Auch wenn es schwierig war und es wehtat. Aber ich fühlte mich gezwungen, den von uns getroffenen Entschluss umzusetzen.

Mein Ziel war Hessen, ich verabredete mich in dem Friseursalon, den ich mir über das Stellenausschreibungsangebot ausgesucht hatte für einen Probetag aus einer der Anzeigen.

Im Zug nahm ich gerade die nächste Aufnahme auf. Seit etwa zweieinhalb Stunden war ich unterwegs und hatte noch eineinhalb Stunden Fahrt vor mir. Ich wusste, dass eine lange Reise auf mich wartete, deshalb nahm ich meine Bücher, die ich angefangen hatte und nicht weiterlesen konnte, meinen Aufnahmeassistenten, Essen und Trinken mit. Im Zug wollte ich die Zeit ausnutzen. Insgesamt musste ich drei Mal umsteigen, was mich eine weitere Stunde kostete.

Endlich war meine Zugfahrt zu Ende. Das Hotel lag gleich neben dem Friseur. Nachdem ich die Schlüssel an der Rezeption erhalten hatte, zog ich mich in mein Zimmer zurück. Ich befand mich in einer Metropolregion … Überall war es sehr voll. Inständig hoffte ich, *ich verirrte mich hier in der großen Stadt nicht.* Wie auch immer, dann sagte ich mir: »Mach zuerst dein Probetag, der Rest kommt später.«

Für mich war diese lange Reise eigentlich wie ein Ruhetag, wie eine Regenerierung. Das Wetter war gut, die Leute strömten auf die Straße, um die Sonne zu genießen. Aus dem Fenster meines Hotelzimmers konnte ich den Friseursalon nicht sehen. Morgen früh würde ich in der Cafeteria gleich gegenüber frühstücken, um den Friseursalon beobachten zu können, während sie arbeiteten.

Nun wollte ich, ohne Zeit zu verlieren, die Stadt ein wenig besichtigen. Es war ziemlich spät. Überall waren die Läden geschlossen, trotzdem wollte ich mich ein bisschen beeilen. Obwohl ich Angst hatte, mich zu verirren, ging ich entschlossen los.

22:25 Uhr

Wieder zurück im Hotelzimmer war ich satt. Im Pyjama saß ich im Ruhemodus auf meinem Bett. Gemütlich lehnte ich mich mit dem Rücken an, dabei setzte ich meine Aufnahmen fort, da ich so viel wie möglich erzählen wollte.

Im Nachhinein war ich heute natürlich reifer. Diesen Satz konnte ich sicher noch Jahre später wiederholen, denn Erfahrung machte einen Menschen reif. Nach all meinen Erfahrungen in Jungen Jahre hatte ich mich für Reif gehalten, aber das war ich nicht. Dies wusste ich jetzt.

Kommen wir zurück zu den Tagen, als ich von meiner Stiefmutter an einen verheirateten Mann verkauft wurde. Die folgenden Fragen gingen mir eine Weile durch den Kopf. Die Gendarmerie hatte Onkel Ferhat mitgenommen. Aber *wo hatten sie ihn hingebracht? Wo war er jetzt? Wurde er nur von der Gendarmerie festgenommen oder wurde er auch bestraft? Würden sie meine Beschwerde ignorieren?* Diese Fragen nagten an mir. Während diese Gefühle und Gedanken aufstiegen, fasste ich einen Entschluss und begann zu recherchieren.

Umgehend rief ich die Gendarmerie unseres Dorfes an, dann erklärte ich ihnen die Situation. Obwohl Jahre vergangen waren, erinnerte sich der Kommandant an diesen Tag.

Im Computer schaute er nach, was damals passiert war. Innerhalb von vierundzwanzig Stunden war er einfach freigelassen worden. Dies war zu erwarten gewesen, denn ich hatte mich nicht schriftlich beschwert.

Warum war das passiert? Er hatte mich nur an einem Tag angerührt. Anderthalb Jahre danach nicht, es war nur dieser eine Tag. *Warum hatte er das getan?* Dieser eine Tag fügte mir außergewöhnliche Wunden zu. Danach hatten sie mich nicht in Ruhe gelassen, sondern anderthalb Jahre lang gefoltert Tag für Tag. Dies sollte nicht ungestraft bleiben. Ich hatte die Polizei angerufen und gefragt, was ich tun soll. Dann hatte ich, wie mir die Polizei mitgeteilt hatte, meine Anzeige an die Staatsanwaltschaft geschickt. Während ich bei meinen Tanten in Deutschland gelebt hatte, hatte ich alle notwendigen Informationen zusammengetragen. Nachdem ich diese eingereicht hatte, war lange Zeit Funkstille gewesen, es kam kein Brief oder Telefonanruf. Fast fünf Monate hatte ich gewartet. Als nichts dabei herauskam, versuchte ich erneut telefonisch etwas zu erreichen, denn ich wollte den Stand meiner schriftlichen Beschwerde wissen. Mein türkischer Wohnsitz schien bei der Familie zu sein, die uns adoptiert hatte, denn sie schickten meine Briefe dorthin. Deshalb konnten sie meine Anzeige nicht verarbeiten. Allerdings hatte ich meine Adresse in Deutschland angegeben. Natürlich gab es einige Rückschläge. Mein Bruder hatte nicht einmal bemerkt, dass da ein Brief eingegangen war. Es war, als hätten sie uns komplett aus ihrem Leben gestrichen, aber ich würde sie trotzdem treffen. Ich wartete nur auf diesen Zeitpunkt.

Jetzt waren wir in Yasemins Rache! Jedoch hatte ich nicht viele Negativitäten in Yasemins Kampf erwähnt. Was ich bisher erwähnt hatte, waren vielleicht zwanzig Prozent von dem, was ich erlebt hatte. Vom ersten bis zum letzten Tag wurde ich von allen fast täglich von der Familie meines Ehemannes gemobbt, belästigt, geschlagen und gefoltert. Es fiel mir schwer, dies zu akzeptieren. Manchmal wurde keine Gewalt angewendet, sondern stattdessen verschiedene Grausamkeiten verübt. Fast ein Jahr durfte ich nicht rausgehen. Ich wurde offiziell im Haus als Geisel gehalten, ich war wie eine Gefangene, dabei war ich ein Kind, als ich das durchgemacht hatte. So etwas durfte heutzutage nicht mehr passieren ... *Hatten es denn keine Nachbarn gesehen? Warum hatten sie nicht die Polizei angerufen, um sich zu beschweren. In was für einer Welt lebten wir?*

Zwangshaft ist ein Verbrechen!

Während ich dies alles erlebt hatte, nagten diese Fragen an meinen Gedanken: *»Wie kann der Verbrecher nicht bestraft werden?«* Diese Gedanken ließen mich nicht mehr los. Deshalb hatte ich mich diesem Thema außerhalb der Arbeitszeiten gewidmet.

Auch nach Jahren wollte ich, dass die Kriminellen bestraft werden. Deshalb würde ich mich nach und nach um jeden kümmern, der mich damals verletzt hatte. Einzeln würden sie es zu spüren bekommen. Ich war fest entschlossen ...

Die Verbrecher mussten bestraft werden!

Damals war ich dreizehn Jahre alt gewesen. Von meiner Stiefmutter wurde ich an einen verheirateten Mann verkauft, den ich Onkel genannt hatte. Als seine Frau keine Kinder bekommen konnte, hatten sie mich, um deren Generation zu erweitern, geholt. Am ersten Tag wurde ich Gewalt und einer Vergewaltigung auf sehr schreckliche Weise ausgesetzt. Während ich diese albtraumhaften Tage durchlebt hatte, hatten meine Erfahrungen einen tiefgreifenden Einfluss auf mein Leben. Ich wurde jeden Tag beschimpft und herumgeschubst. Von jedem Familienmitglied, von jedem. Von allen …

Etwa ein Jahr später durfte ich endlich den Garten rund um das Haus betreten. Sie banden eine lange Eisenkette an meinen Fuß. Das andere Ende war im Beton am Boden befestigt. Je nachdem, an welcher Seite des Gartens ich arbeitete, verlängerten oder verkürzten sie die Kette. Aber ich konnte nie alleine in den Garten gehen. Obwohl ich angekettet war, war immer einer oder mehrere bei mir. Ich war gefesselt wie ein Hund, es war ein schlechtes Gefühl.

Was passiert war, war wirklich eine Grausamkeit!

Tage waren gekommen und gegangen. Ja, ich halte nicht an diesen Tagen fest. Nur die tiefe Wunde in mir war geblieben, sie ging nicht weg. Diese Zeit hatte bei mir tiefe Narben hinterlassen. Als wäre ich immer noch an Eisenketten gebunden, fesselten mich diese Erlebnisse. *Was war das für eine Tyrannei? Was war das für eine Menschlichkeit?* Mein Verstand konnte diese Grausamkeit einfach nicht verstehen. Zum Glück reichte er nicht aus, denn ich wollte es auch nicht verstehen.

Mittlerweile war es 23:45 Uhr, ich beendete meine Aufnahme für heute.

Mein Vorstellungsgespräch und die Probearbeit waren vorbei. Jetzt befand ich mich auf der Rückreise mit dem Zug, daher möchte ich meine Aufnahmen fortsetzen wie ich den Tag erlebt hatte.

Bereit früh morgens war ich aufgewacht. Nachdem ich den Zimmerschlüssel abgegeben hatte, hatte ich den Friseursalon während des Frühstücks beobachtet. Schon morgens gab es ein Kundenansturm.

Es waren viele Kunden, das hatte mir gefallen. Von meiner Wahl musste ich sehr überzeugt sein. Nicht nur der Arbeitgeber sollte sich entscheiden, ich musste auch meinen neuen Arbeitsplatz mögen und wählen. Auf den ersten Blick war alles verständlich. Nach meinem Frühstück betrat ich gerade noch rechtzeitig den Salon und stellte mich vor. Natürlich konnte ich kein fließendes Deutsch, als wäre ich hier geboren und aufgewachsen. Aus meiner Aussprache war zu hören, dass ich erst später nach Deutschland gekommen war. Schließlich hatte ich einen Akzent. Ich akzeptierte das, aber mit der Zeit würde es besser, aber ich brauchte etwas mehr Zeit.

Sie mochte meine Arbeitsweise. Nachdem ich ungefähr zwei Stunden im Kundenservice gearbeitet hatte, bat sie mich, ihr eine wellige Föhnfrisur und dann eine Hochsteckfrisur zu machen. Ihr Haar war schön lang und glatt. Ich föhnte die Wellen so wie sie wollte, dann machte ich eine elegante Hochsteckfrisur nach ihrem Wunsch. Es hatte ihr so gut gefallen, dass sie immer wieder wiederholte, dass es großartig war. In meinem Handwerk war ich sehr begabt. Ich wusste, dass ich es schaffen konnte, denn ich war überzeugt von dem, was ich tat. In dem Salon herrschte eine Atmosphäre des Luxus. Das Aussehen, die Präsentation, die Qualität, die professionellen Produkte und der Salon waren von Anfang bis Ende toll.

Dann zog ich mich mit meiner neuen Arbeitgeberin ins Hinterzimmer zurück, da waren wir ins Gespräch gekommen. Wir hatten uns die Hand geschüttelt, das einzige Problem war, zuerst dorthin zu ziehen. Die Mitarbeiterin, mit der sie arbeitete, war schwanger. In drei Monaten ging sie, wenn ihre Kündigungszeit um war. Deswegen suchte sie auch nach einer neuen Mitarbeiterin.

In einem luxuriösen Friseursalon wäre mein Gehalt mehr als an den Arbeitsplätzen, an denen ich bis jetzt gearbeitet hatte. Natürlich war es auch ein anderes Bundesland, die Gesetze waren hier anders. Friseure wurden hier besser bezahlt. Als wir uns unterhielten, bat sie mich um alle möglichen Seminarunterlagen und meine Zeugnisse. Aber ich hatte beides nicht, noch nicht einmal eine abgeschlossene Ausbildung. Ja, ich hatte den Beruf angefangen, aber ich musste aufgeben, weil ich umgezogen war. Deshalb hatte ich eine Stelle als Angestellte gesucht. Dann sagte sie zu mir: »Wenn du wirklich so schöne Hochsteckfrisuren machen und so föhnen kannst, beende deine angefangene Ausbildung hier, aber du bekommst von mir ein normales Friseurgehalt. Ich brauche geschickte Hände wie deine.«

Es hatte mich so gefreut, dass sie so menschlich war. Für meine eigene Zukunft würde ich ein solches Angebot natürlich auf keinen Fall ablehnen. So hatte ich es sofort akzeptiert.

»Jetzt wirst du in einem Luxussalon anfangen. Du musst deine Haare schön frisieren, auch sehr gepflegt sein, schon perfekt, von den Wimpern bis zu den Nägeln«, ermahnte sie mich freundlich.

Der Friseursalon, in dem ich arbeiten wollte, war sehr elegant. Es gab kein Gedränge und keine schnelle Abfertigung der Kunden mehr. Ich musste mit meiner neuen luxuriösen Arbeitsstelle Schritt halten. Tatsächlich musste ich auf meine Nägel achten. *Zu Hause arbeiten und der Garten waren nicht gerade förderlich.* Zwar verwendete ich immer Feilen, feuchtigkeitsspendende Cremes und hellen Nagellack oder auch einen strahlenden Klarlack. Aber ich ging nicht hin und ließ mir eine Maniküre machen. In dem Salon, in dem ich gerade gearbeitet hatte, war die Kosmetik Kundenservice. Ich war wirklich aufgeregt! Vielleicht würde mich das auch verändern. *Vielleicht, während ich in ein brandneues Leben eintrat, würde ich einer neuen Yasemin „Hallo“ sagen.*

Was war das Leben für eine seltsame Sache?

Bereits jetzt träumte ich von dem neuen Leben, das wir bald beginnen würden. Es war eine andere Welt für mich. *Musste ich nicht sowieso immer von null anfangen? Hatte ich nicht jedes Mal ein neues Leben kennengelernt? Hatte mich das neue Leben, mit dem ich konfrontiert wurde, nicht immer stärker gemacht? War ich durch den Erfahrungsschatz nicht gereift? Das war schon immer so ... Aber machte es das Leben so nicht auch interessant?*

Farben des Lebens;
Es ist nicht wie bei Aquarellfarben,
Sie können nicht den gewünschten
Ton des Lebens erzielen.

KAPITEL 3

Ich möchte das Band, das Yasemin mir geschickt hatte, kurz unterbrechen. Bisher hatten wir ihr zugehört, aber ab jetzt werden wir ihre weitere Geschichte lesen, was ich zusammengetragen habe.

Yasemin war auf der Flucht, um das Leben, das sie voller Albträume erlebt hatte, nicht mehr sehen und leben zu müssen. Diejenigen, die dachten, sie Yasemin wäre verschwunden, musste ich korrigieren, denn ich kann sagen, dass Yasemin direkt vor ihrer Nase war. So nah an denen, die sie verletzt hatten. Auch wenn sie es nicht wussten!

Bisher hatte Yasemin alles sehr gut ausgedrückt. Dies war ein neues Leben, das sie beginnen würde, als Flucht, um in ihrem Leben nicht noch einmal verletzt zu werden. Die neuen Schritte, die sie von nun an unternehmen würde, würden Yasemin zu einer neuen Person machen. Was und welche Tapes auf mich warteten, darauf freute ich mich schon sehr. Das war für mich eine sehr spannende Arbeit, aber ich hatte nicht einmal erwartet, dass es so kommen würde.

Dass sie sich versteckte, machte die Situation etwas spannender, verleiht dieser Arbeit eine etwas andere Spannung. Denn ich wusste nicht, was uns erwartete. Bei den Bändern, die Yasemin mir eins nach dem anderen schickte, wusste ich nicht, was sie mir sonst noch sagen würde. Wie aus Yasemins Reden hervorging, durchlief sie eine Zeit, in der sie eine Grenze zur Vergangenheit zog. Außerdem konnte sie ihr Leben sehr erfolgreich vorantreiben.

Mir kam es so vor, als wären diese acht Jahre nie ein Thema zwischen uns gewesen. Als wäre die Zeit eingefroren gewesen. Schließlich konnten wir nicht sagen, dass ein bestehendes Problem existierte. Denn als ich dachte, dass Yasemin aufgehört hatte, Bänder aufzunehmen, *hatte sie in Wirklichkeit nie damit aufgehört. Was für eine großartige Sache, ich war überrascht und voller Freude.*

Vielleicht hatten sich einige von Ihnen gefragt: »Warum hat sie das Buch nicht vor acht Jahren veröffentlicht?« Dies war eine berechtigte Frage.

Warum hatte ich es nicht veröffentlicht? Diese Frage wurde mir in meinem Privatleben oft gestellt. Normalerweise hatte ich immer so geantwortet:

»Bevor unsere Geschichte endete, ging Yasemin weg!«

Daher konnte ich das Ende von Yasemins echter Lebensgeschichte nicht beenden. Das war Yasemins Job. Hätte ich es selbst geschrieben und mit falschen Tatsachen beendet, hätte ich mir das mein Leben lang nicht verziehen. Denn Yasemins Leben war nicht mein Leben. Was wäre, wenn ich selbst etwas hinzugefügt oder entfernt hätte. Würde dann das Recht seinen Platz finden? Würde es definitiv nicht. Da ich dachte, dies sei Yasemins Job, hatte ich ihre Bänder im Laufe der Jahre ordentlich nummeriert und in einer speziellen Schachtel aufbewahrt. Manche Dinge mussten wirklich erst zusammengefügt werden, bevor sie ein Ende finden. Wenn man nicht schluckte, würde man ersticken. Also atmen wir jetzt tief durch und geben uns wieder Yasemins Tonband hin.

So viele Bücher wurden geschrieben,
um ein Licht auf dunkle Leben zu bringen!

KAPITEL 4

Als ich meine Aufnahmen fortsetzte, erwähnte ich meine Geschwister nie. Wir standen in ständigem Kontakt per Telefon. Es war gut für sie und mich. Meine süße Hexe Kiraz hatte Essen zubereitet, sie warteten auf mich. Ich brauchte mir keine Sorgen zu machen. Alles war so, wie ich es verlassen hatte. Sie waren in diesem Alter schon sehr erwachsen. Dafür war ich immer dankbar. Sie hatten mir das Leben nicht schwer gemacht. Ich liebte meine beiden Geschwister sehr. Beide waren mir von Gott anvertraut worden und ich hatte das Gefühl, dass ich von meinem Herrn beauftragt worden war, für sie zu sorgen. Als ob meine beiden Geschwister meine Prüfung in dieser Welt waren. Um das Vertrauen meines Herrn nicht zu verraten und meine Prüfung richtig zu beenden, hatte ich meine Verantwortung auf einem anständigen Niveau ausgeführt und machte es immer noch.

Schließlich kehrte ich mit guten Erfahrungen und neuen Perspektiven in das Leben zurück, das ich beenden würde. Jetzt kam die Stunde. Meine Geschwister schliefen schon. Aber ich war in die Küche gegangen, hatte die Kerzen angezündet und wollte ein bisschen mit ihnen reden.

Über alles bis zum letzten Punkt hatte ich mit meinen Geschwistern gesprochen. Meine neue Arbeitgeberin sagte, sie würde die Wohnungsanzeigen weiterverfolgen und mir dabei helfen, eine Wohnung zu finden. Es lag sicher daran, dass wir von weiter herkamen. Mit anderen Worten, sie hatte den Ansatz, dass wir nicht nur im Geschäftsleben, sondern auch im Privatleben in Kontakt stehen würden.

Ihre Fürsorge hatte mir sehr gut gefallen. Sie war eine Deutsche, eine sehr gepflegte Frau; blond, groß und blauäugig. Sie trug leuchtend glänzende und funkelnde Diamantringe und Halsketten, dazu roch sie von Kopf bis Fuß nach Parfüm.

Verständnisvoll sagten meine Geschwister: »Schwester, wenn du es gesehen und entschieden hast, wird es für uns auch geeignet sein.« Dies hatte mir natürlich die Entscheidung erleichtert. Genauso stellte ich mir das neue Leben vor, das wir uns aufbauen würden. Ich hatte schöne Träume, ich war in eine Fantasiewelt eingetaucht. Es war ein angenehmes Gefühl, wenn ich unser neues Leben durch das Fenster meiner Fantasie betrachtete.

Vor unserem Umzug hatte ich mich entschieden, meinen Führerschein zu machen. In so kurzer Zeit musste ich mein Schwerpunkt erhöhen und jede freie Minute damit verbringen zu lernen. *Warum hätte ich es vorher überstürzen sollen?* Schließlich kannte ich diesen Ort, auf der Straße hätte ich keine Probleme, aber in der großen Stadt, in die wir ziehen würden, wäre es für mich schwierig, den Führerschein zu machen.

Dazu kam die Aufgabe, ein Haus zu finden und mit meinem jetzigen Arbeitsplatz zu sprechen. Ich hatte vorher mit den Umzugsdiensten gesprochen, um zu erfahren, was in ihren Leistungen enthalten waren. Dies war mir sehr wichtig.

Vielleicht sollte ich für unser neues zu Hause Küchenmöbel nachkaufen. Es sollte eine Küche wie in meinen Träumen werden, so wie in dem Friseursalon, in dem ich anfangen würde.

Er war sehr modern eingerichtet, hell, lila und weiß in Hochglanz. Es herrschte mit den Angestellten eine Atmosphäre wie in einer Ruhe Oase. So oder so wollte ich für unser neues Haus eine ähnliche Küche haben.

Während ich solche Entwicklungen in meinem täglichen Leben durchmachte, hatte ich natürlich nie meine tiefen Narben vergessen, die immer noch Erinnerungen an meine Vergangenheit waren. In der Müdigkeit und Hektik des Tages verbrachte ich meine Zeit, wann immer es ging, mit unserem Hauptthema. Meine Rache!

Glück; ist die beste Form der Rache!

KAPITEL 5

Gerade bereitete ich meine Papiere im Flugzeug vor. Ja, Sie haben richtig gehört. Jahre später flog ich zurück in unsere Heimat. Ich war sehr aufgeregt, aber auch sehr glücklich, denn ich hatte unser Land sehr vermisst. Aber es würde nicht nur ein Besuch sein. Es gab tausend und einen Grund für meinen Weggang, die ich alle einzeln erklären würde.

Ich hatte das Gefühl, dass ich in der Türkei nach und nach ein Fundament für mich legen musste. Je früher ich begann, desto eher trug es Früchte. Deshalb war es an der Zeit, einige Themen, die mir wichtig waren, kurzerhand in Angriff zu nehmen. Alle werden sie einzeln bestraft. Manche waren so, manche waren so! Früher oder später wird jeder Verbrecher bestraft.

In der Familie, die uns adoptiert hatte, hatten wir ein Kindermädchen Tante Meral und ihren Mann, den Gärtner Onkel Osman. Wir hatten mit den beiden telefoniert, wenn auch nicht oft. Sie würden mich vom Flughafen abholen. Noch heute arbeiteten sie für meinen Bruder, der von meinem Kommen nichts mitbekommen sollte. Ich wollte es so.

Um mich vom Flughafen abzuholen, hatten Tante Meral und Onkel Osman Urlaub bekommen. Sie hatten mir Angeboten, bei ihrem Haus in der Stadt zu wohnen. Deshalb hatte ich kein Hotelzimmer gebucht. Wir hatten uns viel zu erzählen und ich wusste, dass sie mir den Rücken freihielten. Sobald ich ankam, musste ich ernst werden, ohne Zeit zu verlieren. Damit mein Vorhaben gelang, brauchte ich noch ein paar Leute. Ihre Kontaktinformationen bekam ich von meinem Onkel Osman.

In meinen Gedanken hatte ich schon alles geplant. Sobald ich aus dem Flugzeug stieg, würde ich es in die Praxis umsetzen. Für diese ermüdende Zeit würde ich zwei Wochen in meinem Land verbringen. Dafür nahm ich mir meinen Jahresurlaub. Alles entwickelte sich so schnell, dass es unmöglich war, die Zeit anzuhalten.

Übrigens, meine neue Arbeitgeberin hatte mich vor ein paar Tagen angerufen. Sie hatte mit ihrer Familie gesprochen und mich gebeten, in die Mietwohnung ihrer Mutter in der Stadt zu ziehen. Sie erwähnte, dass sie mir ein paar Bilder schicken könnte. Das Haus sollte riesig mit zwei Stockwerken sein und eine fast dreißig Quadratmeter große Dachterrasse haben. Sie sprach so eloquent, als ob Mietkosten zwischen eintausendfünfhundert und zweitausend Euro anfielen. Vielleicht mehr, aber das war überhaupt nicht der Fall, denn sie hatte mit ihrer Mutter gesprochen. Aus irgendeinem Grund sprach sie mit ihr über meine Situation. Sie sagte mir, dass ich mit meinen Geschwistern zusammenlebte und so weiter und so weiter, was immer sie wusste. Ihre Mutter betrieb auch einen Friseursalon. Der Kundenbereich war für ältere Menschen. Das Haus lag direkt über dem Friseursalon. Fast sechshundert Euro hatte ihre Mutter von ihrer Miete für die wöchentliche Reinigung des Friseursalons und für mich, um einen Tag mit ihr zu arbeiten, abgezogen, aber ihre Angebote war noch unvollendet. Hätte ich die Treppe und die Haustür mit dem Vordergarten sauber gehalten (einschließlich der Blumen), würde sie sogar noch zweihundertfünfzig Euro von meiner Miete abziehen. Die Miete des Hauses betrug tausend Euro!

Mit anderen Worten, ich hätte nur einhundertfünfzig Euro, dazu Gas und Strom zahlen müssen.

Das war großartig!

Natürlich hatte ich ohne zu zögern angenommen. Außerdem war es ein großes Haus, auf das ich sehr neugierig war. Sie erklärte es so gut, dass wir die Einzigen waren, die in diesem Haus lebten. Wir würden keine anderen Leute als Nachbarn haben. Ich konnte es kaum erwarten, es zu sehen. Als sie anrief, hatte ich mein Flugticket noch nicht gekauft, weil ich nicht wusste, wann ich zurück sein würde.

»Ich rufe Sie an, sobald ich für einen Termin zurück bin«, sagte ich.

Aber jetzt möchte ich weiter von Tante Meral und Onkel Osman erzählen. Es wird einige Punkte geben, zu denen ich Notizen machen musste, denn ich durfte absolut nichts vergessen. Während ich weg war, musste ich all meine Gedanken darauf konzentrieren.

Um 01:35 Uhr zogen sich alle in ihre Zimmer zurück, ich war müde. Aber es ging alles langsamer voran, als ich gedacht hatte, aber es ging voran. Deshalb war es sehr gut, dass ich meine Türkei-Reise für zwei Wochen gebucht hatte. Tante Meral, die fächerartig um mich herum wie eine Mutter lief, mochte ich sehr. Es war ein Gefühl, das ich nicht kannte, das Gefühl der Umarmung einer Mutter. Erst Jahre später konnte ich es wieder genießen.

Dank meines Onkels Osman und des Fahrers konnte ich einige wichtige Aufgaben erledigen. Wir hatten ab und zu mit dem Fahrer telefoniert. Er war mir auch in der Vergangenheit sehr hilfreich, nachdem sie mich nach Deutschland geschickt hatten. Diese drei wichtigen Menschen waren sehr wertvoll für mich. Wie ich bereits erwähnt hatte, gehörten sie zu meinen Lieben und jenen, die ich beschütze. Diese drei wertvollen Menschen gehören zu denen, die ich mit einer Hand abzählen konnte.

Durch den Fahrer konnte ich das Unternehmen kontaktieren, die die Sicherheitskameras installiert hatten. Genauer gesagt gab es einen guten Dialog und eine gute Kommunikation zwischen dem Mitarbeiter und dem Fahrer. Also gaben sie mir alle Informationen, vor allem Nutzungspasswörter, damit ich alle Kameras von meinem Haus aus beobachten konnte. Von nun an konnte ich bei mir zu Hause in Deutschland das Kameramaterial verfolgen.

Dies würde mir bei meinen Prozessen in meinen späteren Projekten behilflich sein. Falls Sie sich erinnerten, hatten wir eine berühmte Dame Nalan. Sie konnte als Betrügerin und Verbrecherin oder als Schlangenkopf bezeichnet werden. Oft war ich ihren Spielen zum Opfer gefallen. Wenn es so weit war, würden alle die Quittung bekommen. Meine Wut und mein Groll über einige der Ungerechtigkeiten, die sie mir angetan hatte, ließen immer noch nicht nach. Bei einigen von ihnen, obwohl ich Schaden und Unrecht erlitten hatte, konnte ich sagen, dass meine Wut nachgelassen hatte und sich beruhigt hatte.

Einige von ihnen, gemäß den Gesetzen und dem Stil unserer Verfassung, sollten ihre gerechte Strafe erhalten. Indem ich zur Justiz ging, um sie mit ihren Taten zu konfrontieren. Ich wollte, dass sie bestraft wurden. Also musste ich einige Beweise und einige Zeugen sammeln.

Jetzt hatte ich den Stein ins Rollen gebracht, egal wie oder wohin er fiel. Ich ließ ihn rollen …

So reichte ich meine Strafanzeige für die Familie, die mich entführt hatte, erneut bei der Staatsanwaltschaft ein (diesmal jedoch persönlich). Dann dachte ich mir, *was war, wenn sie es wieder leugneten?*

Damals im Garten von nebenan war ein Mädchen, das mich besuchte als ich in Ketten gearbeitet hatte. Ich war dreizehn, das Mädchen war fünfzehn. Zur Erinnerung hatten wir zusammen ein Foto gemacht. An meinen Füßen waren die Ketten zu sehen. Als mir plötzlich dieses Bild in den Sinn kam, krempelte ich die Ärmel hoch und machte mich mit dem Chauffeur auf die Suche nach dem Mädchen von nebenan.

Es gab noch ein Problem, an das ich vorher nicht gedacht hatte. Dies fiel mir ein, als wir schon losgefahren waren. Was war, wenn sie mich erkannte?

Was war, wenn mich die Familie sah, die mich entführt hatte? Aber wir hatten vielleicht noch fünfhundert Meter vor uns, es war zu spät. Jedenfalls *beim nächsten Mal musste ich mein Image komplett ändern*, dachte ich.

Schlussendlich trug ich zur Tarnung die Sonnenbrille vom Chauffeur, um nicht erkannt zu werden. Schnell stieg ich aus dem Auto aus und eilte zu der Tür unserer alten Nachbarn, um nicht gesehen zu werden. Ich war so verängstigt und wütend auf mich. Als mein Kopf so voll war, vergaß ich eines der wichtigsten Dinge. Jedenfalls war es passiert. Es gab keine Heilung für die Toten. Ich musste beim nächsten Mal vorsichtiger sein, um keine Spuren zu hinterlassen.

Der Bruder des Nachbarmädchens öffnete die Tür, den ich nach seiner Schwester fragte. Aber er erkannte mich nicht, obwohl ich meine Sonnenbrille abgenommen hatte.

»Wer sind Sie bitte? Warum haben Sie nach meiner Schwester gefragt?«

Mit einem leichten Lächeln antwortete ich: »Früher waren wir Freunde, ich habe hier gelebt und bin weggezogen. Ich bin auf der Durchreise, ich wollte nicht weiterfahren, ohne Hallo zu sagen«, meinte ich.

Irgendwann rief er doch seine Schwester zur Tür. Aber er hatte mich akribisch von Kopf bis Fuß gemustert, dabei dachte er, dass ich es nicht bemerkt hatte. Das Mädchen von nebenan fragte: »Bruder, wer ist da?« Langsam näherte sie sich, auch sie erkannte mich nicht.

Nach meinem Umzug nach Deutschland hatte ich einige Veränderungen an meinem Image vorgenommen. Außerdem war ich damals noch ein Kind, ich hatte mich verändert. Nun standen sich Jahre später zwei reife Damen gegenüber. Zögernd stellte ich mich vor, danach hatte sie mich sofort erkannt.

»Oh, meine Liebe! Wo warst du? Ich habe viel an dich gedacht. Komm schon, komm rein, komm schnell rein, damit sie dich nicht sehen«, sprach sie hektische und warme Worte, dann umarmte sie mich von ganzen Herzen. Mit dieser Aufrichtigkeit fand ich mich in ihrem Haus wieder. Wir gingen in ein Zimmer. Mit Leckereien, Speisen und Getränk deckte sie schnell den Tisch, sie war sehr gastfreundlich.

»Ich habe nicht so viel Zeit. Der Fahrer wartet auf mich, ich bin sehr beschäftigt, meine Zeit ist knapp. Ich wollte dich nicht stören, aber auch nicht gehen, ohne Hallo zu sagen. Erinnerst du dich noch? Wir haben damals einige Bilder gemacht. Kannst du mir eins als Beweis mitgeben?«, fiel ich direkt mit der Tür ins Haus.

»Was meinst du, natürlich? Wie immer bewahre ich sie in meinen Alben auf.«

Eilig holte sie das Album. Sie hatte mehr Bilder, mehr als ich gedacht hatte. Auf zwei Bildern posierte ich mit dem Mädchen von nebenan. Meine Füße waren an dieser riesigen Kette befestigt, auf den anderen Bildern sah man, wie ich hinten im Garten arbeitete. Das war sehr gut. Das Mädchen von nebenan war früher sehr nett und war es, soweit ich das sehen konnte, immer noch.

Kurz sagte ich, dass ich eine Strafanzeige bei der Staatsanwaltschaft eingereicht hätte, dass ich sie aus diesen Gründen um ein paar Bilder gebeten hatte.

»Natürlich, nimm sie alle. Ich werde auch deine Zeugin sein«, bot sie sofort an. Sie hatte eine wohlwollende Herangehensweise.

Ohne lange nachzudenken, nahm ich ihre Angebote an. Wir hatten eilig unsere Kontaktdaten ausgetauscht. Ich wusste, dass es zwischen uns keine Geheimnisse geben würde. »Ich brauche jemanden, der in diesem Haus ein und ausgeht«, sagte ich ihr offen. »Hier bin ich«, antwortete sie, ohne zu zögern. Ich hatte es geliebt, mit offenen Karten zu spielen. So wusste jeder, in welcher Position er sich befand.

Ja, ich trug mein Herz auf der Zunge. Vorher war ich ein Nichts in diesem Haus, als ich dreizehn war, benutzten mich alle als Sandsack, auf den sie einschlagen konnten. Es war sehr schlimm, was für eine ekelhafte Sache. Es kam mir nicht in den Sinn. Vor allem verstand ich immer noch nicht, wie sie so etwas machen konnten. Je länger ich dortblieb, desto mehr dachte ich an die Vergangenheit. Sobald meine Sentimentalität vorbei war, stieg meine Wut auf diese Familie. An der Tür verabschiedeten wir uns. Schnell setzte ich meine Sonnenbrille auf und rannte zum Auto. Wir fuhren, sobald ich eingestiegen war, los.

Besser war es, mein Image zu ändern. In diesem Moment kam mir dieser Gedanke wieder in den Sinn. So fragte ich den Fahrer nach dem Friseur meiner verstorbenen Mutter Filiz.

»Nun, lass mich dich zum Friseur fahren«, sagte er, dann erzählte er mir unterwegs. »Damals haben wir eine Bankverbindung von dem Herrn des Hauses Herr Hikmet für dich erhalten. Diese Bankkarte hat euch euer verstorbener Vater vererbt.

Seit diesem Tag habe ich diese Bankverbindung bis heute nicht angerührt. Weil ich die Situation von dir und deinen Geschwistern kenne. Ich wusste, dass du eines Tages zurückkehren würdest. Gerechtigkeit muss gefunden werden. Was auf dem Konto ist, gehört dir, und ich weiß nicht einmal, wie viel es ist. Wenn du willst, lass uns gemeinsam nach dem Friseur hingehen, dann kannst du es selbst herausfinden.«

Es war eine gute Nachricht, darüber war ich überrascht. Es gab einen Besitz, der von unserem verstorbenen Vater Hikmet und unserer verstorbenen Mutter Filiz an uns vererbt wurde.

Sie hatten Häuser, Sommerhäuser, Ferienhäuser, Villa, Luxusyachten, ein paar neueste Modellautos und noch viel mehr. Auch der Holding mit mehreren Hunderten Angestellten gehörte ihnen. Unser älterer Bruder hatte diese Verantwortung übernommen, sie zu leiten, nachdem wir nach Deutschland geschickt wurden.

Seitdem hatte mein Bruder viermal bei meiner Tante mütterlicherseits angerufen und zweimal bei der Tante väterlicherseits. So gab es auch nach all den Jahren nur sechs Telefonate. Darüber war ich zwar wütend, aber ich hegte keine Wut gegen ihn, wie ich es bei manch anderen tat.

So hatte mir der Fahrer wieder telefonisch geholfen. Ein Freund von ihm, der in der Holding in der Buchhaltung arbeitete, konnte alle Einnahmen und Ausgaben nachverfolgen. Er konnte über den Computer auf die Konten der Holding zugreifen. Die Löhne der Arbeiter zahlte er selbst online. Er war auch für die Investitionen einiger anderer Beteiligungen verantwortlich.

Das würde mir alle möglichen Türen öffnen.

Sofort musste ich einen sehr guten Anwalt finden. Einen sehr, sehr, sehr Guten sogar. Daher fragte ich meinen Onkel Osman nach einem Anwalt, der antwortete: »Ich bringe dich zu unserer blutigen Nigar.«

»Blutige Nigar?«, fragte ich.

»So lautet der Spitzname des Anwalts«, erklärte er lächelnd.

Der Spitzname meiner neuen Anwältin war also blutige Nigar. Sie war ganz nach meinem Stil für meine blutigen Angelegenheiten. Allein wegen ihres Spitznamens war ich schon von Anfang an mit ihr warm geworden. Ich brauchte auch jemanden, der so war. So rief ich meinen Onkel Osman an und fragte nach dem nächstgelegenen Termin, den er organisieren konnte. Meinetwegen hätte ich sofort mit ihr sprechen können.

Nach zwei Stunden Fahrt kam ich beim Friseur an. Sofort wurde ich begrüßt und mir ein Getränk serviert, dann wartete ich darauf, dass ich an die Reihe kam.

Leider würde sich mein Image nicht nur mit einem Haarschnitt ändern lassen. Ich musste eine komplette Erneuerung vornehmen und eine ganz andere Persönlichkeit annehmen. So entschloss ich mich dafür, nach dem Friseurbesuch noch etwas einkaufen zu gehen.

Einer beschäftigte sich mit meinem Kopf, einer mit meinen Füßen und Händen, wieder ein anderer mit meinen Augenbrauen. Es war natürlich nicht gerade ein entspannendes Gefühl.

Schließlich zerrten fünf Leute an mir, alle kümmerten sich gleichzeitig um mich.

Am Ende trug ich sogar falsche Wimpern. Meine Finger- und Zehennägel wurden gefeilt und einfarbiger Nagellack aufgetragen. Meine Haare wurden verlängert, so trug ich von kurz wieder lang, dazu ließ ich es schwarz färben. Nach dem Make-up wurde noch Haarspray aufgetragen, dann war ich fertig.

Da ich mich überraschen lassen wollte, hatte ich Handtücher vor den Spiegel hängen lassen, die sie jetzt wegnehmen sollten. Über mein Spiegelbild war ich sehr überrascht. Sofort wurde ich mit meinem neuen Image warm. Mein Make-up-Stil war diesmal ganz anders. Es brachte meine blauen Augen zum Vorschein. Ich mochte mich selbst, als ich zum ersten Mal in den Spiegel schaute. Zum ersten Mal mochte ich mich an diesem Tag mit diesen Veränderungen lieber.

Mit allem bereitete ich mich auf das neue Leben vor, das ich beginnen würde. Mit allem! Hin und wieder wurde der Chauffeur für die Arbeit meines Bruders gerufen. Er war zu bestimmten Zeiten nicht erreichbar. Er hatte auch vorher mit meinem Bruder gesprochen, Tante Meral und Onkel Osman zu fahren, wohin sie wollten und wann immer sie wollten. Auf diese Weise konnte er mich überall mithinnehmen. Es hatte meine Arbeit auf jeden Fall erleichtert. Es war sehr beruhigend, den Chauffeur unter den Menschen zu wissen, die mir nahestanden und aufrichtig waren. Er gehörte zu meinen Lieben. Bei ihm war ich in guten Händen.

Nach dem Friseur hielten wir bei der Bank, von dem mir der Fahrer erzählt hatte. Er gab mir die EC-Karte und bat mich, nachzusehen. Auf diesem Konto befand sich ein großer Betrag, der mir von meinem verstorbenen Vater vererbt wurde. Darüber war ich erstaunt, *wie konnten Familienanwälte und unsere berühmte Nalan diesen hohen Geldbetrag übersehen haben?*

Ich gestand ihm: »Für eine Weile würde ich ein Teil des Betrags von dem Konto benutzten, es würde mir sehr helfen, aber ich werde dir das, was ich damit gekauft habe, so schnell wie möglich zurückgeben, sei dir sicher.«

Es war kein Darlehen für mich, ich konnte es auch behalten. Aber das tat ich nicht. Nach dem Bankbesuch eilten wir zu den Boutiquen. Da ich mein Image änderte, musste ich alles ändern, meinen ganzen Stil. Diese Entscheidung hatte ich bereits in Deutschland getroffen, nur die Umsetzung machte ich in der Türkei. So hatte ich mir neue Kleider in vielen verschiedenen Modellen gekauft. Inklusive Accessoires und Schuhe. Es war eine große Ausgabe, aber sie gehörte zu den notwendigen Investitionen. Schließlich hatte ich genug Geld mitgebracht. Da ich noch nicht wusste, wie hoch die Ausgaben für meine Rache enthielt, griff ich zum Bankkonto.

Am nächsten Morgen musste ich mit dem Fahrer wieder bei der Staatsanwaltschaft vorbeischauen. Sogleich hatte ich die Bilder als Beweismittel abgegeben. Während ich beim Friseur war, hatte der Fahrer beim Fotografen die Bilder reproduzieren lassen, denn ich wollte sie bei mir haben, nicht nur als Beweis, auch für mich. Anschließend bestellte er einen Laptop, der für mich maßstäblich eingerichtet wurde. Alle benötigten Programme und Funktionen, die mir die Arbeit erleichtern würden, wurden gespeichert. In ein paar Tagen würde er geliefert werden, dann würde ich meinen Trumpf mit dieser Nalân und ihren Familienanwälten ausspielen.

Als wir nach Hause kamen, traute Tante Meral ihren Augen nicht. Denn ich stand als ganz andere Person vor ihr. Sie wusste es, aber sie hatte nicht damit gerechnet, dass ich eine solch starke Veränderung vornahm. Zwar wusste sie, dass sich von nun an einiges ändern würde, aber sie machte sich auch Sorgen um mich.

»Nicht, nicht, mein Kind. Beziehe dich auf Gott. Gewiss, mein Herr wird sie bestrafen.«

Es war das Beste, sie hatte recht, aber sie hatten mir nicht harmlose Streiche wie Klingelmännchen gespielt. Nein, es war keine scherzhafte Empörung, sondern das, was sie mir angetan hatten, war schrecklich. Natürlich wird mein Herr zweifellos Gerechtigkeit verleihen, den jeder von uns verdient. Ich hatte nie daran gezweifelt und werde auch nie zweifeln. Kriminelle mussten auch in dieser Welt ihre Strafe erleiden. Aber mein Onkel Osman dachte wie ich, auch der Fahrer. Trotzdem machte sich Tante Meral Sorgen, dass mir etwas zustoßen könnte. Sie war in ihrem Herzen wie eine Mutter für mich.

Inzwischen hatte Onkel Osman einen Termin mit meiner neuen Anwältin namens blutige Nigar für morgen vereinbart. Auf meinem Terminplan hatte ich bereits morgens ein Termin mit der Staatsanwaltschaft, so machte ich einen für den nachmittags mit der Anwältin aus.

Durch meine Einkäufe hatten sich volle Taschen im Haus angesammelt. Meine Aufgabe heute lag darin, im Haus wieder für Ordnung zu sorgen. Tante Meral hatte die Gerichte, die ich aus meiner Kindheit geliebt hatte, nicht vergessen und den Tisch mit meinen Lieblingsgerichten gedeckt. Ich fand jedoch jede Mahlzeit von Tante Meral köstlich, ich unterschied keine ihrer Mahlzeiten von den anderen. Sie war von Kopf bis Fuß ein besonderer Mensch für mich.

Der Chauffeur meinte: »Ich komme heute Abend spät.« Er hatte mir mitgeteilt, dass er meinen Bruder nach der Arbeit in ein Restaurant außerhalb der Stadt fahren musste. Der Fahrer war schon ziemlich müde vom Tag, aber er musste vier verschiedenen Geschäftsleuten zum Abendessen fahren. Jedoch hatte er uns seinen Freund empfohlen, den wir anrufen sollten, wenn wir einen Fahrer brauchten.

Sie alle hinter mir zu haben, hatte mir viel Kraft gegeben, dabei waren sie sich ihrer guten Taten nicht einmal bewusst. So viele verschlossene Türen es auch gab, sie wurden einer nach dem anderen geöffnet. So wurde meine Arbeit erleichtert.

Nach dem Abendessen bot mein Onkel Osman an: »Heute geht der Tee auf mich, ich möchte heute meinen speziellen Kräutertee für unsere Tochter zubereiten.« So zog er sich leise in die Küche zurück. Mein Onkel Osman war ein vorbildlicher Vater. Er hatte sicherlich nicht die Angewohnheit, seine Familie allein zu lassen oder allein auszugehen. Mein Onkel Osman war ein Haus- und Familienmensch, ein Mann, der sich um seinen Job, sein zu Hause und seine Familie kümmerte.

Mitfühlend und väterlich war seine Tugend! Auch wenn sie keine Kinder hatten, hatten sie echte Mutter- und Vatergefühle.

Während Onkel Osman unseren Tee aus den Kräutern zubereitete, die er im Garten der Villa angebaut hatte, forderte Tante Meral mich auf: »Komm schon, ich bin schon sehr gespannt auf deine Einkäufe. Mal sehen, was du alles gekauft hast.«

»Gerne«, erwiderte ich. Voller Freude stand ich von meinem Platz auf und zog die neuen Kleider nacheinander aus der Tüte, um sie ihr zu präsentieren. Mein Stil war diesmal ganz anders. Es war ein Business-Stil. Bereits in Deutschland kaufte ich für ein oder zwei Tage verschiedene Klamotten.

Mein Bruder und meine Schwester begrüßten meine Reise in der Nebensaison in die Türkei. Ich wollte sie für eine Saison auch in die Türkei schicken, zu meiner Tante Meral. Das hatten wir alle gemeinsam entschieden. Aber ich musste erst einen Teil meiner Arbeit beenden, bevor ich meinen neuen Job antrat.

Die Zeit verging heute sehr schnell. Der Abend näherte sich. Eine schwere Müdigkeit überfiel jeden von uns. Wir tranken unseren Tee, ich trank sogar drei Gläser des Kräutertees, den mein Onkel Osman frisch zubereitet hatte. Da ich mich auch gerne mit Gartenarbeit beschäftige, hatte ich von meinem Onkel Osman gelernt, welche Pflanzen er verwendete und wie er den Tee aufbrühte.

Dieser Tee hatte noch eine weitere Besonderheit. Es war sehr gut, seine besondere Seite kennenzulernen. Jeden Abend nach dem Abendessen tranken meine verstorbene Mutter Filiz und mein verstorbener Vater Hikmet zu Hause ein Glas frischen Kräutertee von meinem Onkel Osman.

Als ich in meine Heimat kam, wollte ich auch die Erbschaftsfragen unseres leiblichen, verstorbenen Vaters klären. Meiner Stiefmutter würde ich nicht einen Ziegelstein überlassen, denn noch nicht einmal den hatte sie verdient, geschweige das Haus. Auch über meine Stiefmutter würde ich hinwegkommen. Alles würde sich rechtzeitig klären.

Während wir unseren Abend Tee tranken, unterhielten wir uns über alle möglichen Themen. Was hatten wir getan und was musste noch getan werden? Onkel Osman sagte: »Du gehst sowieso morgen früh zur Staatsanwaltschaft. Kläre das Erbschaftsproblem, während du in deiner Geburtsstadt bist.«

Auch das Sorgerecht meiner Geschwister, das ich mit übernommen hatte, brachte ich vor. Um mir die Arbeit zu erleichtern, hatte ich die Gerichtsentscheidung von einem Übersetzer in Deutschland aus dem Deutschen ins Türkische übersetzen lassen. Es war eine gute Idee, obwohl es in der Nähe war, mussten auch diese Dinge gehandhabt werden.

Es war morgen, ich zog meinen sehr stylishen Business-Anzug an, den ich gerade gekauft hatte. Meine Haare und Make-up waren gemacht. Da ich dachte, es könnte morgens kühl werden, zog ich meine Anzugjacke an, dazu hatte ich meine Umhängetasche und meine Sonnenbrille in der Hand. Jetzt konnte ich losfahren. In einem unerwarteten Moment standen Onkel Osman und Tante Meral schweigend vor mir.

»Hier mein Kind, ein kleines Andenken von uns«, sagten sie, dann öffneten sie eine kleine verzierte Schachtel in ihren Händen und überreichten mir eine atemberaubende, visuelle Goldkette mit funkelnden Steinen. Mit einer solchen Überraschung hatte ich nicht gerechnet. Meine Tante Meral legte mir die Halskette an und küsste meine Wangen, während mein Onkel Osman mir einen Kuss auf die Stirn gab. »Möge Gott Sie beschützen und Ihre Angelegenheiten zum Erfolg bringen. Ich hoffe, meine Tochter«, sagte er. Wir drei hatten einen sehr emotionalen Moment im Flur des Hauses erlebt.

Der Fahrer hatte auf mich gewartet. Nachdem ich mich verabschiedet hatte, ging ich und wir fuhren los. Der Fahrer hatte meinen Bruder in der Holding abgesetzt. Zuvor hatten Tante Meral und Onkel Osman meinem Bruder mitgeteilt, dass sie einen Fahrer brauchten. Die Vorliebe meines Bruders galt immer seinen Privatarbeitern. Das Kommen und Gehen von anderen oder Ersatzarbeitern störte ihn. Aber ich konnte auch meine anderen Angelegenheiten mit dem Freund des Fahrers erledigen, der mir vorgeschlagen wurde.

Das Wetter war nicht so kühl, wie ich dachte.

»Ihr Laptop ist in zwei Tagen fertig«, informierte mich der Chauffeur. Die Dinge bewegten sich stetig weiter. Wir würden wieder einen langen Weg fahren. Ungefähr zweieinhalb Stunden war es mit dem Auto bis zur Staatsanwaltschaft.

Es sollte nachmittags mein erstes Date mit meiner neuen Anwältin namens blutige Nigar geben. Alles verlief nach Plan ohne Rückschläge.

So hatte ich der Staatsanwaltschaft meine Beweise vorgelegt. »Ich hatte bereits eine Strafanzeige gegen diese Familie eingereicht. Zu dieser Zeit wurde mir gesagt, dass es sich um Stammesfamilien handelte, und außerdem sei der Staatsanwalt ihr Verwandter. Deshalb war meine Denunziation also ungültig und sie haben sie in Entschädigung verwandelt, weil ich gelogen und falsch dargestellt hätte«, fügte ich dem Thema hinzu.

Es war sehr gut von mir, die Beweise vorzulegen, denn die Intervention begann sofort. Ich wollte diesen Moment sehen und erleben. Es gab keine kleine, hilflose und machtlose Yasemin mehr. Von nun an stand eine reife und starke Frau vor ihnen.

Ich wollte, dass jeder von ihnen nach türkischem Recht und Gesetz bestraft wurde.

Auch das, was meine Stiefmutter getan hatte, hatte ich der Staatsanwaltschaft mündlich und schriftlich als Verbrechen deklariert. Auch meine Stiefmutter war schuldig.

Diese Prozesse waren nicht so kurz, wie ich dachte, sondern dauerten ziemlich lange. Wir waren jetzt mit dem Fahrer in einem Wartebereich. Jeden Moment würden sie alle vor dem Richter vorgeführt.

Es wurde Zeit, sich dem zu stellen. Ich hätte nie gedacht, dass es so schnell ging.

Schließlich war ich bereit, mich diesen Problemen zu stellen. Obwohl Jahre vergangen waren, versuchte ich, die alten Seiten wieder aufzurollen, die befleckten Seiten zu reinigen und sauber zu hinterlassen.

Nun wurde ich einem Richter vorgeführt und die Aufregung begann. Ich hatte meine mündliche Beschwerde erneut eingereicht, aber auch meine schriftliche Beschwerde. Zuvor hatte ich sie in Deutschland in aller Ruhe vorbereitet, weil ich wusste, dass mich in der Türkei anstrengende Tage erwarten würden.

Ich traute meinen Augen nicht. Jahre später stand ich meiner Stiefmutter gegenüber. Sie wurde in den langen Gang der Staatsanwaltschaft gebracht, begleitet von zwei Polizistinnen und einen Gendarmen. Jetzt war ich keine kleine, gekränkte, hilflose, stimmenlose Yasemin mehr. Sie starrte mich buchstäblich mit ihren Augen an. Es war mir egal, ob sie mich anstarrte, ich wollte wirklich, dass sie die härteste Strafe erhielt, genauso wie sie es verdiente.

Meine Stiefmutter wurde wegen vier verschiedener Verbrechen verurteilt. Das Gefängnis erwartete sie mit offenen Armen. Aber ich hatte nicht erwartet, dass es sich so schnell entwickelte. Es dauerte nicht lange, bis die anderen Kriminellen, die Polizei und die Gendarmen, sie einer nach dem anderen zur Staatsanwaltschaft brachten. So wurden sie einem Richter vorgeführt.

Die Nachbarin, die mir die Bilder gegeben hatte, kam auch, um mir beizustehen und mich zu unterstützen. Das hätte ich nie gedacht, dass sie so eine große Hilfe sein würde. Außerdem war die Nachbarin eilig gekommen, um ohne zu zögern auszusagen. In mein Leben traten nicht nur schlechte Menschen, sondern auch mitfühlende Menschen mit guten Absichten und humaner Herangehensweisen.

An meinen Füßen waren immer noch die Spuren von den Ketten aus meiner Kindheit zu sehen, an die ich wie ein Tier gefesselt war. Es waren vernarbte Narben. Selbst ein riesiger Bulle könnte keinen Schritt von ihrem Gewicht machen, so schwer waren sie. Diese Leute mussten für das bezahlen, was sie getan hatten. All meine Kraft und Energie würde ich der Bestrafung der Menschen widmen, die mich gefoltert und tyrannisiert hatten. Sie brachten die ganze Familie zur Staatsanwaltschaft. Jeder von ihnen wurde separat vernommen. Kriminelle wurden bestraft, um jeden Preis. Sie würden ihre Strafe hinnehmen.

Jedenfalls teilte ich der Staatsanwaltschaft mit, dass sie mich an meinem deutschen Wohnsitz per Brief antreffen könnten. Nach fast fünf Stunden bei der Staatsanwaltschaft ließen sie mich gehen. Die Kriminellen wurden festgenommen und verbüßten ihre Strafen nacheinander. Zumindest für einige hielten wir diese Form der Bestrafung für ausreichend und fuhren mit dem Fahrer beruhigt wieder los.

Am meisten freute ich mich, dass Leyla ab sofort frei war. Dies würde ich später noch klarer und ausführlicher erklären.

Nachdem wir die Staatsanwaltschaft verlassen hatten, kümmerten wir uns auch um unser Erbe und machten uns auf den Weg zu unserem Haus. Ich fühlte mich sehr wohl, voller Frieden. Während wir noch eine Autostunde vor uns hatten, rief ich meine Tanten Meral an. Sie bereitete das Essen zu und wartete auf uns. Nach dem Mittagessen mussten wir sofort zu meinem Anwaltstermin. Die Zeit verging so schnell, dass wir der Zeit hinterherliefen.

Nachdem wir unsere Mahlzeiten gegessen hatten...

Der Fahrer, Onkel Osman und ich gingen zu meiner Anwältin mit dem Spitznamen blutige Nigar. Wir w Oh, gibt's doch nicht, arteten im Wartezimmer, um den Termin in ihrem Büro wahrzunehmen. Ihre Kanzlei befand sich in einer stark befahrenen Straße direkt im Zentrum.

Wir waren an der Reihe. Wegen ihres Spitznamens war ich sehr neugierig und gespannt auf sie.

Als mein Name von der Sekretärin aufgerufen wurde, gingen wir in ihr Büro und gaben ihr zur Begrüßung die Hand.

Mit so einer Ausstrahlung hatte ich ehrlich gesagt nicht gerechnet. Ich sagte mir, dass sie sowohl schön als auch erfolgreich war. Was ihr Spitznamen anging, brachen wir beide in Gelächter aus, als wollten wir «Großartig» sagen. Ein Anwalt war eine Vertrauenssache. Auf den ersten Blick hatten wir Sympathie füreinander empfunden. Dies war für mich ein sehr wichtiger Punkt.

Gemeinsam würden wir viele Erfolge erzielen. So hatte ich ihr alles von Anfang bis Ende erklärt. Es hatte eine ganze Weile gedauert, bis ich zum letzten Vorfall in der Staatsanwaltschaft kam.

Von nun an würde sich meine Anwältin um alle meine Angelegenheiten kümmern, bis zu meinen Arztberichten. Von nun an würden wir gemeinsam Kopf an Kopf und Schulter an Schulter gegen die Unterdrücker arbeiten.

Inzwischen wurde der in der Türkei lebende Mann meiner Tante väterlicherseits freigelassen. Auf meiner Reise in die Türkei hatte ich davon erfahren. Er war zu einem Jahr und vier Monaten Gefängnis verurteilt, mit einer umgewandelten Strafe wegen Alkoholkonsums, statt einer schweren Haftstrafe wegen Vergewaltigung. Dies schien mir nicht ausreichend. Es war sehr unzureichend.

In diesem Fall sollte jeder vorher Alkohol trinken und das Verbrechen begehen, welches er wollte. *Oh, gibt's doch nicht*, sagte ich mir. Je mehr ich darüber nachdachte, wie ich nach der Vergewaltigung zu Boden ging und nicht mehr aufstehen konnte, desto lebendiger wurde sie vor meinen Augen.

Was war schon ein Jahr für solch eine Strafe? Ich konnte es nicht glauben, ich wiederholte immer wieder, wie ein Jahr und vier Monate zustande kam. Diese Nachricht machte mich nervös.

Jetzt wollte ich mich ein wenig in meine innere Welt zurückziehen. Meine Aufzeichnungen mussten für den Anfang reichen, dabei war ich ohnehin am Ende meines Bandes angelangt.

Eine Frau; Ist geduldig!
Aber wenn es bricht, entwurzelt es den
Baum mit ihrem Sturm.

KAPITEL 6

Es war Dienstag!

Vier Tage später wollte ich nach Deutschland zurückkehren. Fast war meine ganze Arbeit erledigt, es war nur noch wenig zu tun. Es war natürlich anstrengend gewesen, aber ich war auch zur Bereinigung meiner Vergangenheit in die Türkei gekommen, nicht um Urlaub zu machen. Die Veränderungen, die ich an meinem Aussehen vorgenommen hatte, hatte mein Selbstbewusstsein gestärkt.

In der Zwischenzeit hatte ich meinen Laptop erhalten. Alle notwendigen Programme wurden darauf installiert, jetzt konnte ich in aller Ruhe arbeiten. Die Person, die die Programme installiert hatte, hatte mich in allem eingearbeitet. Ich wusste alles, bis hin zu deren Passwörtern.

Obwohl ich wusste, dass dies ein Verbrechen war, benutzte ich diese trotzdem, denn jetzt hatte ich freien Zugang zu den Überwachungskameras im Hause und am Arbeitsplatz. Das würde die Dinge für mich sehr viel einfacher machen. Zu diesem Mittel hatte ich gegriffen, um meinen Bruder vor einigen Leuten zu schützen.

Durch einen Privatdetektiv wurde auch unsere berühmte Frau Nalân enttarnt. Zuerst konnte ich es nicht glauben, was ich hörte. Da ich dachte, ich bräuchte für die Anschuldigung Beweise, ließ ich Fotos von ihr machen.

Frau Nalân war tatsächlich eine verheiratete Frau, aber ich konnte nicht viel über die Ehe sprechen, weil diese Themen zu dieser Zeit nicht auf der Tagesordnung standen.

Ihr Mann war Sport Therapeut in einer Rehabilitationsklinik. Bei einer falschen Behandlung wurde er gelähmt und war eine Zeit lang vollständig bettlägerig. In dieser Zeit, als unsere Adoptivfamilie, meine Mutter Filiz und mein Vater Hikmet, verstorben waren, trennte sie sich offiziell von ihrem Mann, dass alle davon wussten, aber in Wirklichkeit hatte sie sich nicht getrennt. Sie hatte eine so verabscheuungswürdige Entscheidung getroffen, um ihren Plan und ihr Projekt umzusetzen. Sie war eine Betrügerin.

Auf diesen Tag hatte ich mich sehr gefreut, an dem ich sie überführen konnte und sie eine sehr harte Strafe zahlen würde. Sie war in der Lage, ihre gehässigen Spiele zu verwirklichen, es war für uns alle eine schwierige Zeit gewesen. Unser Familienanwalt hatte sie zu dieser Zeit geschieden. Als ob ihre Unehrlichkeit noch nicht genug gewesen wäre, war ich sogar Zeuge ihrer heimlichen Beziehungen mit dem damaligen Anwalt der Familie geworden. Ihre Absicht war es, das Vermögen meines Bruders irgendwie zu beschlagnahmen. Deshalb hatten sie solche Betrügereien begangen. Sie wollte meinen Bruder um den Finger wickeln und ihn nur wegen seines Vermögens heiraten. Die Tatsache, dass sie meinen Bruder in einem sehr schwachen Moment erwischt hatte, machte es für sie natürlich leichter.

Damit hatte diese unehrliche Frau erreicht, was sie wollte: Sie hatte es geschafft, dass mein Bruder sie vor den Traualtar geführt hatte.

Aber sie hatte ihren pflegebedürftigen Ehemann immer noch nicht verlassen. Sie hatten ein Haus und alles, was dazu gehörte.

Nur offiziell waren sie getrennt, *aber wie konnte diese unehrliche Frau all diese Tricks anwenden?* Sie setzte nicht nur ihre heimliche Beziehung mit dem Anwalt fort, sondern hatte meinen Bruder offiziell geheiratet, dabei war sie immer noch mit ihrem geschiedenen Ehemann zusammen. Durch meinen Bruder hatte sie auch ihr eigenes Unternehmen aufgebaut und war aufgestiegen. Sie war in dieser und jener Fernsehsendung zu sehen. Sie wurde von allen Sendern als Gast eingeladen und schaffte es, von diesem Tag an bis heute auf dem Bildschirm zu bleiben.

Ich musste herausfinden, wo sie mit ihrem ersten Mann lebte, bevor ich nach Deutschland zurückkehrte. Der Rest war einfach, denn ich hatte bereits einen Detektiv auf sie angesetzt, der sie von nun an beschatten sollte. Früher oder später würde der ganze Schmutz herauskommen.

Die Tatsache, dass der Detektiv einer von uns war, erleichterte meine materielle und moralische Arbeit. Mit der Hilfe meines Onkels Osman und des Fahrers hatte der Detektiv den Auftrag angenommen.

Von einer finanziellen Belohnung wollte er gar nicht erst reden. Mit seinem kurzen und prägnanten Satz: »Es ist eine Frage der Ehre«, schloss er das Thema ab.

Dies konnte ich nicht akzeptieren, ich beharrte darauf: »Auf keinen Fall.«

»Ich gehöre fast zur Familie. Wann immer ich gebraucht werde, bin ich bei Ihnen, so gut ich kann«, erwiderte der Detektiv mit einem aufrichtigen Lächeln.

Wir hatten einen netten Stab gebildet. Unser neues Team sollte außerordentliche Erfolge erzielen. Die Menschen, die mich begleiteten, waren Menschen, denen ich vertraute und an die ich glaubte. Dieses Gefühl galt für alle von uns.

Es gab so viele gute Menschen, die nicht von meiner Seite wichen, weil sie Zeuge der Ungerechtigkeiten wurden, die ich erlebt hatte. Ich ließ sie alle nicht mehr näher an mich heran, um sie nicht in Gefahr zur bringen.

Da ich viel über meinen Bruder erfahren wollte, stellte ich Tante Meral während unseres Gesprächs eine Menge Fragen. So erfuhr ich, dass er sonst nur zu besonderen Anlässen trank, nicht nur zu besonderen Anlässen, das war nicht ganz richtig. Nachdem meine Mutter Filiz und mein Vater Hikmet gestorben waren, fing er täglich an zu trinken. Täglich ...

Er hörte erst auf, wenn er betrunken war. Abends war es so, als versuchte er das Feuer in seinem Inneren zu löschen.

Für mich war jede Art von Alkoholkonsum schlecht, in der einen oder anderen Form. Dieses Gift Namens Alkohol kann einen Menschen, selbst den zivilisiertesten Menschen, in ein wildes Tier verwandeln. Deshalb gehörte ich nicht zu den Menschen, die sagten: »Trink, damit du siehst, was du bist«, wie manche anderen Menschen. Außerdem möchte ich jedem Trinker von ganzem Herzen eine Botschaft mit auf den Weg geben: »Wenn du trinkst, trinke nicht zu viel«.

Als dreizehnjähriges Kind wurde ich unter Zwang zum Trinken gezwungen. Als Kind, das Gewalt und Verfolgung ausgesetzt war, wurde ich von einem erwachsenen Mann dazu gebracht, einen Albtraum zu erleben, vergewaltigt zu werden. Alkohol ist eine der schädlichsten und bösartigsten Gaben, die man empfehlen oder anbieten kann. Ich möchte Ihnen in aller Bescheidenheit raten, diejenigen, die sich Ihnen auf diese Weise nähern, von Ihnen fernzuhalten.

Kommen wir wieder zu unserem Hauptthema!

Die Dinge hatten sich sehr verändert. Meine Rückkehr nach vielen Jahren in die Türkei sollte für einige Leute eine Lehre sein. Wir hatten mehr erreicht, als ich erwartet hatte: Die Strafverfolgung war recht erfolgreich. Es war kürzer, als ich erwartet hatte, aber natürlich war es sehr anstrengend und kräftezehrend, alles von Anfang bis Ende zu erzählen, da ich meine Aussage schriftlich eingereicht hatte, glaubten sie mir auch. Zu meiner Erleichterung wurden die Verbrecher wirklich verhaftet und würden von der Justiz bestraft werden.

Die Person, die meinen Laptop speziell für mich eingerichtet hatte, war ein Genie. Er hatte alles durchdacht, bis hin zu jedem Programm, und es von Grund auf so konzipiert, dass ich es leicht bedienen konnte.

Jetzt hatte ich alles zur Hand.

Sogar alle Einnahmen und Ausgaben der Holdinggesellschaft konnte ich leicht verfolgen. Mit den Sicherheitskameras im Haus und in der Holdinggesellschaft konnte ich alles von meinem Laptop aus überwachen. Ich musste auf den Tag vorbereitet sein, an dem ich meinem Bruder gegenüberstehen würde.

Es waren nur noch wenige Tage, bis zu meiner Rückkehr nach Deutschland. Vor meiner Rückkehr wollte ich die ehemalige Nachbarstochter noch einmal treffen. Als sie sich telefonisch bei mir gemeldet hatte, verabredeten wir ein Treffen. Sie war mutig, ich wollte sie nicht verlieren. Unser Treffen war aufrichtig und vertrauensvoll. Wir hatten ein langes Gespräch beim Abendessen und sprachen über unsere Probleme. Ohne Angst, obwohl sie mich erst nach vielen Jahren wiedergesehen hatte, sagte sie, ohne mit der Wimper zu zucken bei der Staatsanwaltschaft aus, obwohl sie ein Nachbar von den Verbrechern war. *Ist das nicht die wahre Menschlichkeit?*

Heute hatte ich langsam angefangen, meine Koffer zu packen, denn von nun an würden meine Tage ruhig und entspannt sein. Es gab nur noch einen Termin, und zwar mit meiner Anwältin. Sie brauchte einen weiteren Beweis dafür, dass meine Geschwister und ich adoptiert waren. Das war absolut kein Problem. Die Unterlagen hatte ich nicht zu unserem ersten Termin mitgebracht, das musste mir entfallen sein.

Bei der Staatsanwaltschaft erfuhr ich auch, dass ich nicht zu jedem Gerichtstermin erscheinen musste. Als meine Anwältin eingeschaltet wurde, war ich erleichtert, dass sie selbst zu den Gerichtsterminen erschien und ich nicht zu jedem Gerichtstermin erscheinen musste. Denn ich sagte ihr immer wieder, dass ich nicht mit solchen verachtenswerten Menschen konfrontiert werden wollte und ich bereits in Deutschland lebte.

Nach unserem ersten Termin leitete meine Anwältin alle notwendigen Verfahren ein. Von nun an konnte ich meinen Weg fortsetzen, ohne anzuhalten.

Bevor ich nach Deutschland zurückkehrte, musste ich noch einige Einkäufe in der Türkei tätigen. Ich war mit meiner Tante Meral und meinem Onkel Osman zum Einkaufen ins Zentrum gegangen. Den ganzen Tag waren wir unterwegs gewesen. Nachdem wir im Restaurant unseren Fisch gegessen hatten, waren wir müde nach Hause gefahren. Das Haus war durch die vielen Einkaufstüten auf den Kopf gestellt.

Plötzlich läutete es an der Tür. Tante Meral öffnete eilig die Tür, da stand mein Bruder Nihat. Aber er sollte mich definitiv nicht sehen. Sofort hatte ich mich hinter der Tür versteckt, denn es gab keinen weiteren Ausgang aus dem Wohnzimmer. Der Zugang zu den anderen Zimmern vom Flur aus war frei. Nur, dass brachte mir in diesem Moment nichts. Deshalb gab ich Onkel Osman sofort ein Zeichen. »Schick ihn irgendwie in andere Zimmer, damit ich aus dem Wohnzimmer raus kann«, sagte ich leise.

Irgendwie schaffte Onkel Osman es, meinen Bruder Nihat in die Küche zu lotsen und die Tür zu schließen. In der Zwischenzeit nutzte ich die Gelegenheit, um in ein anderes Zimmer zu stürzen, denn nach allem, was ich durchgemacht hatte, konnte ich einen solchen Adrenalinstoß nicht gebrauchen.

Dann verließen sie die Küche und gingen in das Wohnzimmer. Ich war erleichtert! Aber ich war vor Aufregung schweißgebadet. Nach einem kurzen Besuch ging mein Bruder wieder.

Er kam, um zu sehen, ob sie etwas brauchten und um zu fragen, wie es ihnen ging. Meine Tante Meral und mein Onkel Osman liebten meinen Bruder wie ihr eigenes Kind.

In der Zwischenzeit telefonierte ich täglich mit meinen Geschwistern oder wir benutzten eine Kamera im Messenger. Sie überraschten mich jedes Mal mit ihrer Reife.

Sobald ich nach Deutschland zurückkehren würde, würde ich meine Arbeit ohne Unterbrechung fortsetzen, da hatte ich eine weitere Woche frei. Aber dies war kein Urlaub, denn ich hatte Dinge zu erledigt, die manchmal anstrengender waren als zu arbeiten.

In Deutschland warteten weitere Innovationen auf meine Geschwister und mich, darüber war ich aufgeregt. Es war, als wäre die Zeit gekommen, alles in Ordnung zu bringen. Sobald ich angekommen war, wollten meine Geschwister und ich das Haus besichtigen, von dem mir meine neue Arbeitgeberin erzählt hatte. Es wäre einfacher für mich, mich um diese Dinge zu kümmern, wenn ich nicht arbeiten musste, denn dann hätte ich keine Zeit mehr, um mich um meine Angelegenheiten zu kümmern, das war die Wahrheit!

Eine Frau zu sein;
bedeutet, sich in mehrere Teile zu teilen!

KAPITEL 7

Heute war Samstag.

Endlich saß ich im Flugzeug, es kam mir vor, als käme ich als ein anderer Mensch zurück nach Deutschland. Ja, nach so vielen Erfahrungen, *warum sollten sie mich nicht verändern?* Erfahrung lässt einen Menschen reifen. Jetzt war ich in der Lage, viele Dinge zu vollenden. Ich hatte eine Frische in mir, die ich vorher nicht gekannt hatte. Es war, als ob ich von vielen Dingen gereinigt worden wäre, ein Gefühl, das ich nicht leicht ausdrücken konnte. Vielleicht war es ein Gefühl, das ich noch nie erlebt hatte, und deshalb fiel es mir schwer, es zu beschreiben. Auf jeden Fall kehrte ich ziemlich gestärkt zurück.

Alles hatte sich verändert, sogar mein Image. Ich erlebte eine innere Veränderung, und ich war stärker geworden. Mein neuer Stil machte mich auch äußerlich zu einem anderen Menschen. Von Anfang bis Ende erlebte ich Veränderungen. Mein Selbstvertrauen war gestiegen.

Die Tatsache, dass einige der Verbrecher bestraft worden waren, hatte mich erleichtert. Das Gefühl, das schon immer da war, tat mir weh, denn ich hatte mich wie ein gebrochener, hilfloser, armer, machtloser Mensch gefühlt. Jetzt gab es keines dieser Gefühle mehr.

Gott sei Dank war ich auch nicht mehr hilflos. Ich war nicht mehr Yasemin, die sich jahrelang der Unterdrückung unterworfen hatte. Wir mussten keine Entscheidungen über unser Leben gegen unseren Willen mehr treffen und mit diesen Entscheidungen leben.

Ich wurde sehr verletzt, als ich ein Schössling war und gerade zu blühen begann. Viele Male wurde ich unterdrückt, ich wurde von Menschen angegriffen, die mich meiner Heimat entwurzelt hatten. Jedes Mal war ich allein mit meinem Schmerz, trotzdem übernahm ich die Verantwortung meiner Geschwister, denn für sie hielt ich jeden Schlag aus.

Auch wenn ich mich vor Schmerzen krümmen musste, war ich heute eine starke Persönlichkeit. Ja, ich konnte sagen, dass ich ein starker Charakter war. Ich war in der Lage, jeden Putsch zu überstehen, weil ich meine Geschwister beschützte, so Gott wollte.

Auch wenn die Narben, die die Coups hinterlassen hatten, immer noch von Zeit zu Zeit Schmerzen verursachten, wurde ich, je mehr ich diese Schmerzen spürte, immer zäher und stärker. So konnte ich den Unterschied in meinen Gefühlen beschreiben. Ich konnte sagen, dass dies mein psychischer Zustand war, der durch die aktuelle Veränderung hervorgerufen wurde.

Der Flughafen lag in der Nähe unseres Hauses. Es war gut, dass er nur dreißig Minuten entfernt war. Nach der Landung wollte ich mit dem Taxi nach Hause fahren. In meinem Gepäck hatte ich Überraschungen für meine Geschwister dabei, darüber würden sie sich sehr freuen. Wenn mein Gepäck mehr als dreißig Kilo wiegen würde, müsste ich beim Zoll für das Übergewicht bezahlen. Dieses Malheur war mir vor zwei Wochen auf dem Hinflug passiert.

Das Flugzeug bereitete sich langsam auf die Landung vor. Obwohl mein Bruder und meine Schwester meinen neuen Stil und mein neues Image in unserem Videoanruf gesehen hatten, war ich sicher, dass sie sehr überrascht sein werden, wenn sie es live sahen. Ich war gespannt auf ihre Blicke, wenn sie die verschiedenen kleinen und großen Geschenke sahen, die ich für sie hatte. Darüber würden sie sich sehr freuen. Gerade befand ich mich in einer sehr glücklichen Phase. Diese Veränderung löste in mir sogar ein Glücksgefühl aus, denn ich hatte ein nicht enden wollendes Lächeln auf meinem Gesicht. Es war ein sehr schönes Gefühl, dass mit Gottes Erlaubnis nach dem ersten Schritt, den ich aus der Tür dieses Flugzeugs machen würde, ein neues Leben und eine neue Yasemin ihren Platz auf der Tagesordnung einnehmen würde.

Darüber war ich sehr zufrieden. Dies war mein neues Leben. Mit Gottes Erlaubnis ging alles gut voran. Es war, als würden sich alle verschlossenen Türen eine nach der anderen mühelos öffnen.

Mittlerweile war ich sowohl mit meinem Band als auch mit meiner Aufnahme am Ende angelangt. Wir waren bereits angeschnallt, das Flugzeug landete. Heute hatte ich vor der Abreise einen Termin bei dem Friseur meiner verstorbenen Mutter Filiz gehabt, um mich schminken und föhnen zu lassen. Danach hatte ich mit einem Fotografen einen Termin für professionelle Aufnahmen vereinbart. Es wurden fast einhundertfünfzig Fotos geschossen. Dreißig Bilder hatte er bearbeitet, die er auf eine Diskette gespielt hatte. Bis heute hatte ich keine Bilder von mir alleine.

Natürlich hatte ich nicht vergessen, dass es Fotos von meinem verstorbenen Vater Hikmet und meiner verstorbenen Mutter Filiz, meinen Geschwistern und mir gab, die wir bei einem Fotografen aufnehmen ließen. Bevor ich damals aus der Türkei nach Deutschland geschickt wurde, konnte ich sie einstecken. Sie waren etwas Besonderes und standen gut sichtbar bei mir zu Hause.

Meine nächste Sprachaufnahme würde ich von zu Hause aus aufnehmen. Das Flugzeug war fast gelandet, ich war so aufgeregt! Vielleicht konnte ich heute deshalb nicht zur Sache kommen.

Auf Wiedersehen für jetzt ...

«Ja, Yasemin hatte zu diesem Zeitpunkt das Ende ihrer Aufnahmen und des Bandes erreicht. Das war eine sehr gute Nachricht. Darüber war ich sehr glücklich. Sie lächelte beim Sprechen, ich fühlte mich friedlich und glücklich, als ich ihr zuhörte. Ich freute mich sehr für Yasemin, denn diese Veränderungen, die sie durchmachte, würden sie zu einem ganz anderen Menschen machen. Deshalb war Yasemin meine Heldin. Vom ersten Tag an war sie immer meine Heldin.

Ihre unangekündigte Abreise hatte mich damals in den ersten Tagen sehr verletzt. Es hatte mir wehgetan, als ob ein Stück meines Herzens weggerissen worden wäre. Aber je öfter ich mir die Kassetten anhörte, die Yasemin mir geschickt hatte, desto mehr schätzte ich sie und überließ sie sich selbst: »Freie Seele«, sagte ich zu Yasemin von Zeit zu Zeit.

Lassen Sie uns mit der sechsten Kassette fortfahren, die Yasemin geschickt hatte, ohne diese Veränderungen, neuen Entwicklungen und Gefühle in ihrem Leben weiter zu unterbrechen.«

Selbst der schlimmste Fehler ist nicht so schlimm,
wie es nie versucht zu haben.

KAPITEL 8

Ein neuer Dienstag war angebrochen.

Der neunte Dezember.

Die Uhrzeit betrug 00:13 Uhr.

Es war Winter!

Mittlerweile war ich zu Hause angekommen. Mein Urlaub war vorbei, und ich nahm mein eintöniges Leben wieder auf. Konzentriert hörte ich mir das Ende des sechsten Bandes an, denn ich wollte dort ansetzen, wo ich aufgehört hatte, damit es keine Verwirrung gab.

Ja, ich sagte «Hallo!» zu diesem glänzenden neuen Leben mit dem ersten Schritt, den ich machte, als ich aus dem Flugzeug gestiegen war. Gegen 22:30 Uhr war ich zu Hause.

Zuerst küsste und umarmte ich feste meine Geschwister. Obwohl ich sehr müde war, überreichte ich ihnen die kleinen und großen Geschenke, die ich gekauft hatte, ohne sie länger warten zu lassen. Sie waren beide sehr glücklich.

Gleich am Abend nahm ich alle Sachen aus meinen Koffern und stellte sie an ihren Platz. Die Sachen, die gewaschen werden mussten, warf ich sofort in die Waschmaschine und wusch sie, ohne noch länger zu warten.

Natürlich war unser Gespräch mit meinen Geschwistern in der Zwischenzeit nicht zu Ende, wir sprachen immer noch über das, was geschehen war und was in Zukunft geschehen wird. Aus irgendeinem Grund hatte ich keinen Hunger. Kiraz und Suat hatten das Essen vorbereitet und den Tisch gedeckt.

Sie hatten mit dem Essen gewartet, bis ich kam. Ohne weiter zu warten, setzte ich die beiden an den Tisch und begann, mich selbst zu bedienen. Wir alle lächelten von Zeit zu Zeit, es war ein Lächeln, das nicht zur Ruhe kommen wollte.

Vor meiner Abreise in die Türkei hatte ich mich in eine Fahrschule angemeldet. Nach meinem Urlaub wollte ich sofort anfangen. Zuerst schickten sie mich zu einem Erste-Hilfe-Kurs. Er dauerte fast acht Stunden. Nachdem ich die Bescheinigung über die Teilnahme am Erste-Hilfe-Kurs erhalten hatte, nahm ich bei dem schriftlichen Unterricht teil. Nachdem ich zwölf Stunden hinter mich gebracht hatte, sagte man mir, dass ich die schriftliche Prüfung ablegen könnte. Es sah so aus, als würde es länger dauern, als ich dachte, aber irgendwie musste ich es schaffen, bevor wir wegziehen würden.

Während meines Urlaubs hatte ich mit meinem neuen Arbeitgeber telefonisch einen Termin wegen des Hauses ihrer Mutter vereinbart. Wir konnten ihn auf ein Wochenende legen, weil ich auf keinen Fall wollte, dass meine Geschwister in der Schule fehlen sollten. Meine Geschwister und ich waren sehr neugierig auf das Haus. Es sollte für uns alle drei eine Veränderung sein.

So hatte ich wieder ein Zimmer in demselben Hotel gemietet, und auf meine Bitte hin, dass meine Geschwister und ich im selben Zimmer übernachten sollten, hatten sie zusätzlich Klappbetten in das Zimmer gestellt. Um jeglichen Stress zu vermeiden, fuhren wir einen Tag vor dem Termin los, so trafen wir uns in aller Ruhe am nächsten Morgen mit meiner neuen Arbeitgeberin vor ihrem Arbeitsplatz.

Wir waren gut gelaunt. Meiner neuen Arbeitgeberin war mein neuer Stil sofort aufgefallen. Eines der ersten Dinge, die sie erwähnte, war die Veränderung. Nachdem sie meine Geschwister kennengelernt und ihnen die Hand geschüttelt hatte, gingen wir alle gemeinsam zum Haus. Wir waren fast eine Viertelstunde unterwegs. Das Haus befand sich in der Stadt, aber es war trotzdem etwas abgelegen, obwohl es im Zentrum lag. Das war sogar noch besser.

Ihre Mutter war noch nicht da, die einen Friseursalon im Erdgeschoss des Hauses besaß. Meine Geschwister und ich sollten oben wohnen, wenn es uns gefiel. Wenn nicht, würden wir es uns trotzdem zurechtmachen. Ein solches Angebot wollte ich mir auf keinen Fall entgehen lassen. Ich war mir meiner Sache hundertprozentig sicher, ich war zielstrebig, ehrgeizig und fleißig, solange es meine Gesundheit zuließ. Meine Geschwister waren nicht mehr klein, daher hatte ich keinen Zweifel daran, dass sie sich einleben würden.

Meine neue Arbeitgeberin sagte, sie habe die Schlüssel zum Haus, aber sie wolle, dass ihre Mutter uns alles zeige, daher warteten wir auf sie. Sie hatte ihrer Mutter viel von mir erzählt. Sie hob besonders hervor, dass ich zielstrebig und ehrgeizig sei, dass ich allein mit meinen Geschwistern lebte und dass ich die Stadt wechseln wollte. Ich dachte mir in diesem Moment, dass sie andere Dinge sowieso nicht zu wissen brauchte.

Da die Wartezeit sehr lang war, öffnete meine neue Arbeitgeberin die Tür des Friseursalons.

»Komm, wenigstens den Friseursalon und den Hinterhof mit Garten kannst du schon sehen«, schlug sie vor.

Der Hinterhof wurde nie erwähnt. »Er ist unpraktisch, meine Mutter kann sich aufgrund ihres Alters nicht mehr darum kümmern«, erklärte sie.

Es handelte sich um einen Friseursalon, der bereits seit siebenundfünfzig Jahren in der Hand ihrer Mutter war. Obwohl der Salon schon alt war, war viel zu tun. Natürlich war er nicht so groß wie mein neuer Arbeitsplatz, aber die Möbel hatten eine ganz besondere Designwahl. Es gefiel mir ... Schließlich sollte dieser Friseursalon mein Arbeitsplatz werden, wenn auch nur für einen Tag in der Woche.

Meine neue Arbeitgeberin war sehr herzlich und freundlich zu mir und meinen Geschwistern. Sie gab mir das Gefühl, dass sie mir vertraute. Sie vertraute uns, obwohl sie es nicht zum Ausdruck brachte, zeigte sich das in jeder Stimmung und Situation.

Sie öffnete die Hintertür des Friseursalons. Meine Geschwister und ich konnten nicht glauben, was wir sahen, es war ein riesiger Hinterhof mit einem wunderschönen Garten. Aber weil sie es nicht benutzt hatten, hatten sie es nicht erwähnt. Diesen Garten könnte ich in ein perfektes Paradies verwandeln. Mit großer Freude und Neugierde gingen wir hinein.

Obwohl Kiraz, Suat und ich das Haus von innen noch nicht gesehen hatten, gefiel es uns bisher sehr gut. Ich stand dem Garten gegenüber und war damit beschäftigt, ihn zu inspizieren, hinter mir lag das Haus. Als ich mich umdrehte, dachte ich mir, dass dies wohl eine Balkonterrasse sein musste. Die Wohnung, in die wir einziehen würden, hatte zwei Stockwerke. Im zweiten Stock des Hauses gab es eine riesige Dachterrasse mit Blick auf den Garten, man könnte sie eigentlich als Balkon bezeichnen. Dieses Haus war wirklich wie ein Lotteriegewinn. Wir waren sehr glücklich.

Als ihre Mutter eintraf, begrüßten wir uns und schüttelten uns die Hände, nachdem wir uns vorgestellt hatten. Ihre Mutter gehörte wie ihre Tochter zu den schicken Ladys, obwohl sie alt war, war sie eine sehr gepflegte Dame. Als Familie waren sie dem Beruf der Familie seit Jahren treu geblieben. Diesen Friseursalon hatte sie von der Mutter ihrer Mutter geerbt. Sie standen also in der vierten Generation. Der Sohn meiner neuen Arbeitgeberin arbeitete ebenfalls zusammen mit seiner Mutter im Salon.

Vier Generationen war leicht zu sagen.

Nachdem wir unsere Gespräche auf diese Weise im Garten beendet hatten, gingen wir langsam ins Haus. Ihre Mutter hatte uns alles erklärt und gezeigt, bis ins kleinste Detail. Wir gingen die Treppe zu unserem Haus hinauf.

Nur wir würden in diesem riesigen Haus wohnen. Als wir noch auf der Treppe waren, kam ich auf den Garten zu sprechen:

»Ihr Garten ist ein wenig vernachlässigt worden, wenn Sie mir erlauben, würde ich gerne alle Arbeiten im Garten übernehmen und ihn nutzbar machen. Der Garten wurde schon lange nicht mehr angerührt, ich kann hier einen sehr schönen Paradiesgarten anlegen. Ich habe viel Erfahrung in der Gartenarbeit und möchte Sie gerne einen Schritt weiterbringen. Am Anfang werden wir vielleicht ein paar Ausgaben haben.«

Euphorisch antwortete sie: »Was immer du brauchst, du kannst es mir sagen. Ich würde mich freuen!«

Oh, wie schön, wir würden von nun an einen Garten haben. Dieser Garten war sogar größer als der Garten meines jetzigen Hauses. Er war fast achthundert Quadratmeter groß, die Sitzbereiche nicht mitgerechnet.

Als ich die Treppe hinaufstieg, zeigte sie mir einen kleinen Raum, wo alle Reinigungs- und Gartengeräte untergebracht waren. Man sagte mir, dass die Treppe und die Wände erst vor wenigen Monaten neu gebaut und gestrichen worden seien. Ja, es war offensichtlich, dass alles makellos war. Sie sagte, das Haus stehe seit Langem leer und sie habe alles renoviert und saniert. Von den Fliesen des Hauses über die Duschkabine, das Bad bis hin zum Waschbecken und den Kabeln / Steckdosen sei alles neu. Das war natürlich noch besser für uns.

An der Tür unseres neuen Hauses angekommen, steigerte sich meine Aufregung. Meine Geschwister und ich hielten uns fest an den Händen. Die Tür wurde geöffnet und wir traten alle ins Haus ein. Alle Böden im Haus waren braun.

Es war ein glänzendes Parkett verlegt. Jedes Zimmer war schön und groß. Die Küche hatte uns besonders gut gefallen, sie war riesig. Das Beste daran war, dass die Küche neu eingebaut wurde. Es war eine nagelneue weiße Hochglanz-Modellküche. Für mich sah es wie ein Palast aus. Der fast dreißig Quadratmeter große Balkon konnte sowohl von der Küche als auch vom Wohnzimmer aus betreten werden. Es war ein wunderschönes Haus, wir hatten gerade die untere Etage besichtigt. Am Eingang des Hauses befand sich ein zweiter Korridor, von dem aus man in den zweiten Stock gelangte.

Im ersten Stock befanden sich das Wohnzimmer, die Küche, das Bad mit Duschkabinen, zwei Flure und ein leeres kleines Zimmer. Im zweiten Stock gab es eine große Toilette mit zwei Bädern und einen Duschraum mit zwei Waschbecken nebeneinander. Es gab drei mittelgroße Zimmer. Dieses Haus war wie ein Palast.

Alles war renoviert worden, als wäre es speziell für uns vorbereitet worden. Von nun an würden Kiraz und Suat getrennte Zimmer haben, dazu ein Wohnzimmer, das sie sich teilen würden. Ich wollte das Obergeschoss ganz den beiden überlassen. Der Korridor im zweiten Stock war durchgehend verglast, fast wie eine Balkontür. Dies bot eine sehr schöne Aussicht. Im Wohnzimmer meiner Geschwister gab es die erwähnte Dachterrasse. Das kleine Zimmer im Erdgeschoss würde mir gehören.

»Warum haben Sie das Haus nicht schon früher vermietet?«, fragte ich erstaunt.

Der vorherige Zustand des Hauses war sehr schlecht. An den Wänden befanden sich grüne und braune Tapeten aus längst vergangenen Zeiten. Von den Steckdosen bis zum Boden des Hauses war alles sehr alt und absolut unbrauchbar.

Das Haus gehörte zuvor der Großmutter meiner neuen Arbeitgeberin. Als sie vor drei Jahren starb, erbte es ihre Mutter. Als sie das Haus in seinem alten Zustand vermieten wollte, gefiel es denjenigen, die es mehrmals besichtigten nicht, daher wurde es nicht vermietet. Als das Haus zweieinhalb Jahre lang in diesem Zustand leer stand, hielt sie es für notwendig, das Haus von Grund auf zu renovieren, und nach sechsmonatigen Reparaturarbeiten waren wir die ersten, die das Haus besichtigten.

Wir sprachen wieder über das Haus und die Arbeiten, die ich erledigen sollte. Alles, was finanziell und emotional nötig war, wurde besprochen, sie akzeptierte auch meine Idee der Gartenorganisation.

»Ich schätze, bei diesem Tempo werde ich Sie monatlich bezahlen, nicht Sie mich«, scherzte sie.

Meine Ausgaben waren minimal, sie beschränkten sich auf die Ausgaben für Wasser, Heizung, Strom und einen ganz kleinen Mietbetrag. Es war großartig. Eine bessere Nachricht konnte es für mich nicht geben. Meine Geschwister waren genauso glücklich wie ich.

Sie wollten nicht nur einen Mieter, sondern jemanden, der sich um das Haus kümmerte und es sauber hielt. Was könnte einfacher sein als das. Das Haus war genau das Richtige für uns.

Nachdem wir uns über alles geeinigt hatten, gaben wir uns wieder die Hand: »Okay, dann werde ich den Mietvertrag vorbereiten. Anschließend schicke ich ihn an Ihre aktuelle Adresse«, bot sie an.

Alle Türen öffneten sich nacheinander, ohne jegliche Schwierigkeiten. Das Haus war perfekt, auch wenn es abgelegen war, es lag fünfzehn Minuten von meinem neuen Arbeitsplatz entfernt. In der Nähe der Schulen, auf die meine Geschwister gehen sollten. Ich war sehr glücklich, und unser neues Haus war schöner, als wir erwartet hatten. Es war wie ein Palast, als würde ich mich in einer Traumwelt befinden. Ich hatte im Laufe meines Lebens so viele Rückschläge erlebt, und jetzt, mit Gottes Erlaubnis, lief alles sehr gut für meine Geschwister und mich.

Alles veränderte sich in unserem Leben. Das Glücksgefühl, das sich in diesen letzten Tagen aufgrund dieser Veränderungen einstellte, ließ sich nicht beschreiben. Zum ersten Mal in meinem Leben schmeckte ich dieses Glücksgefühl. Zum ersten Mal. Ich hatte das Gefühl, dass ich jetzt wusste, dass ich im Leben angekommen war. Ich fühlte, dass ich lebte.

Möge Gott uns vor noch schwereren Prüfungen bewahren und beschützen.

Nach etwa zwanzig Minuten Plauderei vor dem Haus machten wir uns alle auf den Weg, denn es gab keinen Grund zur Eile, alles verlief nach Plan und wir hatten alles für unsere Rückreise vorbereitet.

Nach einer fast fünfeinhalbstündigen Fahrt kamen wir gegen halb sieben Uhr abends mit einem sehr guten Gefühl zu Hause an. Auch meinen Geschwistern gefiel das Haus sehr gut. Kiraz und Suat sagten sofort: »Wir werden auch im Garten arbeiten«, dabei lachten sie. Das Glück an diesem Tag war wirklich unbezahlbar.

GLÜCK ist kostenlos, aber dennoch unbezahlbar.

KAPITEL 9

Innerhalb weniger Tage erhielt ich den Mietvertrag für unser neues Haus per Post. Nur zu bereitwillig hatte ich ihn unterschrieben und zurückgeschickt. Zusätzlich hatte ich ihr auch den Kündigungsvertrag des Hauses, in dem wir jetzt wohnten, gegeben. Ich musste mich mit der Umzugsfirma auseinandersetzen. Eigentlich waren diese Umzugsfirmen eine sehr gute Sache; sie bauten alles aus und wieder ein, bis hin zur Lampe. Sie stellten die Möbel auf, sie machten alles, wenn das Geld stimmte.

Für das neue Haus wollte ich neue Möbel kaufen. Ich wollte, dass die Zimmer meiner Geschwister neu sind, aber auch der Esstisch für unsere Küche. Sogar den Fernseher wollte ich ersetzen und das alles an einem Tag erledigen. Ich wollte nicht die Möbel mitnehmen, die wir jetzt im alten Haus benutzen, sondern nur die neuen, die wir im Laufe der Zeit gekauft hatten. Der Rest waren immer gebrauchte Möbel gewesen, aber das war besser als nichts.

Der erste Stock stand jetzt seit fast fünf Monaten leer. So hatte ich mit dem alten Vermieter gesprochen, ich wollte die neuen kleinen und großen Gegenstände, die ich kaufen wollte, in der leeren Wohnung unterbringen, bis wir umzogen. Ohne Probleme gab er mir die Schlüssel zur Wohnung. Was wir nicht brauchten, konnten wir nun nach und nach in Umzugskartons packen, mit Klebeband befestigen und im ersten Stock einlagern. Es sollte ein sauberer Umzug werden.

Nach der Schule gingen meine Geschwister und ich los, um Möbel und Elektrogeräte zu kaufen. Von nun an würde jeder sein eigenes Privatzimmer und ein eigenes Wohnzimmer haben. Das bedeutete, dass wir neue Möbel brauchten. Wir wollten ein neues Leben von Grund auf beginnen. Ich hatte spezielle glänzende Steinfliesen für die Küche gekauft. Die glänzenden Steinmotive auf Weiß wären perfekt. Die Lampen waren ebenfalls aus glänzendem Stein gefertigt. Eigentlich war mein Traum eine magentafarbene weiße Küche, aber ich hatte eine Menge magentafarbener Dekoration gekauft. Wir hatten die Schlafzimmer und Gästezimmer meiner Geschwister gekauft, von Teppichen bis zu Fernsehern, und sie im ersten Stock des Hauses untergebracht.

Für alles hatte ich eine Menge Geld ausgegeben. Den Vertrag mit der Umzugsfirma musste noch vorbereiten werden; ich musste alles auf Papier vermerken, z. B. was in der neuen Wohnung installiert und aufgebaut werden sollte. Deshalb wollte ich alles im Voraus kaufen, damit die Handwerker am Tag unseres Einzugs keine Probleme mit der Installation und Aufbau der Möbel haben würden.

Dies waren die neuen Veränderungen in unserem Leben. Alles veränderte sich, wie Sie gelesen haben. Nichts würde mehr so sein wie vorher. In meiner eigenen inneren Welt begannen außergewöhnliche Veränderungen stattzufinden.

Es war erfrischend zu reden, als ob alle Knoten nach und nach gelöst wurden, während ich sprach. Ich war nicht mehr die arme, hilflose, ausgelieferte Yasemin, sondern eine neue Seite und eine neue Yasemin, die sich in neuen Kontinenten versteckt hatte und der Welt die Augen öffnete, schaute mir nun im Spiegel entgegen. In diesen Tagen kämpften diese beiden unterschiedlichen Menschen miteinander.

Eine war tot, einer war erwacht!

Dem einen werde ich „Lebewohl" und dem anderen „Hallo, Willkommen", sagen!

Wenn die Menschen wüssten wie sehr ihre
Gedanken ihre Gesundheit beeinflusst,
dann würden sie entweder weniger oder anders denken.

KAPITEL 10

In den nächsten Tagen würde ich die schriftliche Prüfung meines Friseurberufs ablegen. Aber ich konnte nicht viel lernen, so hoffte ich, dass ich meine schriftliche Prüfung ohne Pannen bestehen würde. Mein Urlaub war bereits vorbei, ich hatte in dieser Zeit mehr erreicht, als ich mir hätte vorstellen können, und ich konnte die Dinge auf dem Weg bringen. So war ich nicht mit vollem Kopf zur Arbeit gegangen, sondern mit leerem Kopf. Alles, was auf meinem steinigen Weg lag, hatte ich abgelegt.

Meine Geschwister hatte ich schon vorgewarnt, dass ich sie beide in den kommenden Tagen etwas vernachlässigen würde, aber dass wir diese Situation meistern würden. Der Führerschein, die schriftliche Prüfung für meinen Beruf, andere Utensilien für den Umzug, der restliche Papierkram, mein Job ... war sehr viel. Natürlich musste ich mich auf stressige Tage einstellen.

Da ich meinen Beruf an meinem neuen Arbeitsplatz fortsetzen wollte, aber es Unterschiede zwischen den Bundesländern gab, würde ich möglicherweise eine andere Berufsausbildung erhalten. »Egal«, sagte ich mir in diesem Moment, welche Veränderungen ich gesehen und erlebt hatte, diese Veränderung war nichts im Vergleich zu den anderen Veränderungen.

Zwischendurch erfuhr ich, dass mein derzeitiger Arbeitsplatz eine Abschiedsfeier für mich organisiert hatte. Darüber war ich glücklich, aber ich war offensichtlich noch nicht bereit für eine Überraschungsparty, denn ich hatte nach Feierabend alles andere selbst erledigen müssen. Die Zeit war knapp, die Tage waren kurz. Hinzu kam, dass ich noch zwei weitere schriftliche Prüfungen hatte, die sich auf meinen Beruf bezogen. Eine davon würde ich in den nächsten Tagen hier bestehen müssen, und meine letzte Prüfung würde an meinem neuen Arbeitsplatz stattfinden.

Für meine Führerscheinvorbereitung musste ich noch drei weitere theoretisch Stunden nehmen, da meine Stunden noch nicht voll waren. Nach meiner schriftlichen Prüfung wollte ich sofort mit dem Fahren beginnen und keine Zeit mehr verlieren.

Erneut näherte ich mich dem Ende meines Bandes. In meinem nächsten Band würde ich über unsere Entwicklungen sprechen.

*Wofür auch immer du wirklich kämpfst,
es wird definitiv Früchte tragen!*

KAPITEL 11

Heute war der 25.12.2008

Die Christen feierten Weihnachten!

In unserer Religion war das nicht erlaubt, aber ich liebte diese Weihnachtsmärkte und Weihnachten. Wie sorgfältig sie alles Vorbereiteten und mit Liebe ihre bunten Lampen dekorierten. Der ganze Weg zu ihren Häusern war mit bunten Lichtern geschmückt.

Schließlich hatte ich beide Prüfungen bestanden, auch die Schriftliche für meinen Führerschein. Jetzt wollte ich sofort mit dem Fahren beginnen. Die Zeit war knapp und schien mir davonzulaufen. Ich hatte noch keine Nachricht von der schriftlichen Prüfung in meinem Beruf erhalten. So dachte ich mir, dass die Benachrichtigung in den nächsten Tagen schon an meinem Arbeitsplatz eintreffen würde.

Es schneite, man hatte eine wunderbare Aussicht. In die erste Etage des Hauses wurden demnächst die neuen Möbel geliefert, die wir gekauft hatten. Wenn jeden Moment ein neuer Mieter käme, wäre ich verloren.

Wir wollten bis zum 23.01.2009 hier wohnen bleiben, dann umziehen. Denn ich hatte vor, die letzten zweieinhalb Wochen zu nutzen, indem ich die Urlaubstage, die von meinem Jahresurlaub im letzten Jahr übriggeblieben waren, in Anspruch zu nehmen, da ich viel Arbeit haben würde. Die ganze Arbeit bestand darin, für meine Geschwister und mich zu sorgen. Auch in unserer näheren und weiteren Umgebung waren die Menschen, die uns helfen konnten, begrenzt. Da der neue Ort, an den wir zogen, ziemlich weit weg war, war das ohnehin unmöglich. Die Umzugsfirma war also eine wirklich gute Entscheidung gewesen.

Es wurde von Tag zu Tag hektischer, denn ich musste meinen Führerschein machen, bevor wir umzogen. Die Zeit verging so schnell, dass es wirklich überraschend war.

Gestern hatte ich mit meinen Geschwistern die Hausarbeit erledigt. Heute hatten wir eine komplette Pause in unserem Tagesprogramm, daher war es ein ruhiger Tag. Ich wollte den Tag mit meinen Geschwistern verbringen. Wir waren in den letzten Tagen sehr beschäftigt und könnten einen guten Film im Fernsehen vertragen. Gleichzeitig schaute ich mir auf meinem Laptop, den ich aus der Türkei mitgebracht hatte, die Aufnahmen der Überwachungskameras an.

Vor etwa einer Woche hatte mir der Detektiv eine E-Mail geschickt. In der er mir mitteilte, dass er die Adresse des Hauses gefunden hatte, in dem Frau Nalân mit ihrem ersten Mann lebte. Bis heute hatte sie ihn nicht verlassen. An diesem Tag erfuhr ich auch, dass ihr erster Ehemann das Haus, in dem sie zusammenlebten, nie besucht hatte. Er hatte auch einige Bilder geschickt. Es gab ein Bild von Frau Nalân und dem Anwalt der Familie, die im Auto saßen und sich unterhielten, aber das musste nichts bedeuten.

Gerade dachte ich an Nurgül, daher fragte ich mich, ob ich ihr diese Bänder eines Tages übergeben konnte? *Oder hatte ich sie alle umsonst aufgenommen, umsonst mit mir selbst gesprochen?*

Trotzdem setzte ich meine Aufnahmen fort, ohne sie zu unterbrechen, als ob Nurgül existierte. Wer wusste, wie oft sie schon versucht hatte, mich zu erreichen? Nachdem ich meine Telefonnummer geändert hatte, hatte ich sie zweimal angerufen, ohne zu sprechen und ohne meine Nummer zu übermitteln. Sie hatte «Hallo, hallo!», gesagt, dann aufgelegt. Im Nachhinein fand ich, dass dieses Verhalten überhaupt nicht zu mir passte.

Früher oder später so Gott wollte, würde ich ihr alles in aller Ruhe erzählen, wenn die Zeit gekommen war. Ich war sicher, dass sie mich verstehen würde.

Unsere Nachbarn waren wegen der Weihnachtsfeiertage nicht zu Hause. Es war niemand außer uns im Haus. Ich wollte die Möbel, die wir nicht mitnehmen wollten, einzeln abbauen und sie vorerst im ersten Stock, dass leer stand, unterbringen.

An diesem Tag hatten wir sechs Stunden lang gearbeitet. Obwohl ich mich eigentlich müde fühlen sollte, verspürte ich ein Gefühl der Erleichterung, so als hätten wir die grobe Arbeit endlich beendet. Danach verbrachte ich den Rest meiner Zeit mit meinen Geschwistern, in der wir uns amüsierten.

Es war nur noch eine Woche bis zum Umzug ...

Um meinen Führerschein zu beschleunigen, nahm ich von Zeit zu Zeit zweimal täglich Fahrstunden. Ich lernte alles schnell und hatte keine Schwierigkeiten, es anzuwenden. Natürlich machte ich bei meinen ersten Versuchen viele Fehler. *Wer hatte das nicht?* Morgen würden die letzten beiden Fahrstunden stattfinden. Danach war meine Pflichtstundenzahl durch.

»Melden Sie mich für den ersten freien Termin für den Test an«, hatte ich mit ihnen besprochen.

»Kein Problem, es kommt darauf an, wie schnell du lernst, wir schaffen es am selben Tag«, hatte mein Lehrer geantwortet und mich für die Prüfung am letzten Tag der Woche angemeldet. Er sagte mir, dass ich meinen Führerschein bei der Gemeinde der neuen Stadt, in die wir ziehen würden, abholen könnte.

Übrigens, während wir über die Prüfungen sprachen, hatte ich auch die Nachricht erhalten, dass ich die schriftliche Prüfung meines Friseurberufs bestanden hatte. Nach all den Prüfungen blieb mir noch genau ein Jahr Zeit bis zum Ende meiner Berufsausbildung. Ich wollte die harten Tage schnell überstehen ...

Wenn du etwas von deinem Herzen willst,
wird es definitiv passieren.

KAPITEL 12

Drei Wochen nach meinem Einzug.

Meine letzten Aufnahmen hatte ich nur kurz angehört, es war so, als würde ich ein Tagebuch führen. Per Brief hatte ich die Benachrichtigung erhalten, dass ich meine Führerscheinprüfung bestanden hatte. Jetzt konnte ich meinen Führerschein bei der Gemeinde abholen.

Ja, Sie haben richtig gelesen. Wir waren in unser neues Haus eingezogen, in unserem neuen Heim.

Mit dem Umzugsunternehmen waren wir problemlos umgezogen. Sie hatten auch unsere neuen Möbel aufgebaut und unsere Lampen angebracht. Alles, was wir zu tun hatten, waren die Pakete auszupacken, die Vorhänge aufzuhängen, die Teppiche hinzulegen und alles an seinen Platz zu stellen. Unser Haus war so gut wie neu.

An meinem ersten Arbeitstag hatte ich mir gesagt, wie froh ich war, in der Türkei eingekauft zu haben, denn es machte den Schein, als wären meine Arbeitskolleginnen alle wie Prominente und Geschäftsfrauen gekleidet. Sie waren akribisch gepflegt. Natürlich musste ich mit meinem neuen Geschäftsleben Schritt halten und meine Garderobe in jeder Hinsicht noch erweitern.

Am meisten beunruhigte mich die Tatsache, dass meine Geschwister seit ihrer Ankunft in Deutschland mehrmals die Schule wechseln mussten. Zwar beschwerten sie sich nicht darüber, aber ich war verärgert. Sie gewöhnten sich sehr schnell an neue Umgebungen. Ich glaube, das lag daran, dass sie von ihrer Kindheit bis zu diesem Alter nie etwas anderes gekannt hatten. Beide waren es gewohnt, ihr Leben immer wieder von vorne zu beginnen. Das Leben hatte sie daran gewöhnt.

Unser Haus lag in der Nähe von allem, Wohnung, Schule und Einkaufszentrum. In dieser Hinsicht hatten wir sehr viel Glück, wir waren sehr glücklich über all die Veränderungen der letzten Zeit.

Trotz allem musste ich mich auf meine Ziele konzentrieren. Diese Vorbereitungen begannen damit, dass ich zunächst einmal stark sein musste. Ich musste erst stärker werden, und durch diese Veränderungen wurde ich Tag für Tag stärker. Ich empfand das so.

Frau Nalân konnte ihre Spiele nicht mehr fortsetzen. Es gab noch ein paar Leute, denen ich meine Trumpfkarte zeigen musste. Mit Frau Nalân allein war die Arbeit noch nicht getan, aber ich musste mich erst einmal an meinen neuen Arbeitsplatz, unser neues Haus und die Stadt, in die wir gerade umgezogen waren, in jeder Hinsicht gewöhnen und anpassen. Wir hatten die Arbeit in unserem Haus unter den Geschwistern aufgeteilt, da es ungerecht wäre, die ganze Arbeit auf eine Person zu verteilen. Aber dieses Thema hatte nie zu Problemen zwischen uns Geschwistern geführt.

Meine Geschwister waren bis heute so wertvoll wie Diamanten für mich. *Gott sei Dank* hatten sie mir nie Schwierigkeiten gemacht. In dieser Hinsicht hatte ich großes Glück, denn im Leben kann nicht alles schiefgehen.

Ich hatte einen großen Vorteil in Bezug auf meinen Arbeitsplatz. Warum?

Um ihre Mitarbeiter besser auszubilden, schickte sie sie zu Seminaren in allen Bereichen des Friseurhandwerks. Das war sehr gut für uns. Am Ende der Seminare erhielten wir Leistungsnachweise oder Diplome, Zertifikate, und das Schöne daran war, dass wir an Wettbewerben teilnehmen konnten. Die Pokale meiner neuen Arbeitgeberin, die zweimal Weltmeisterin wurde, waren der Hingucker im Salon. Ihre Diplome, Zertifikate und weitere Auszeichnungen hingen an den Wänden ihres Salons. Es gab noch viele andere Urkunden und viele andere Dinge, darunter auch Auszeichnungen mit der Goldenen Schere. Ich erfuhr auch, dass sie uns für solche Wettbewerbe angemeldet hatte, was großartig war. Über diese Nachricht hatte ich mich sehr gefreut.

Das war für uns die beste Möglichkeit uns weiterzubilden und zu entwickeln. Darüber war ich sehr zufrieden, diesen Schritt hatte ich nie bereut und werde es wohl auch nie tun.

Meine Tage waren ruhig, denn zunächst mussten wir die Grundlagen für unsere neue Umgebung, unser neues zu Hause, unser neues Geschäftsleben und unsere neue Schulwelt schaffen. Ich ließ alles geschehen und es geschah, wie es geschehen sollte. Auf meiner Arbeit war ich recht erfolgreich, daher war ich mir sicher, dass ich es mit der Zeit zu etwas bringen würde.

Nur wer in schlechten Zeiten bei dir bleibt,
hat die guten mit dir verdient.

KAPITEL 13

Heute war Frühlingsanfang!

Auch wenn das Wetter ein wenig windig war, sorgte die Sonne für gute Laune. Heute war ein ganz besonderer Tag für mich, auch wenn es keinen Grund gab, es war einfach ein Gefühl. Meine Stimmung und Moral waren sehr gut. Es musste an der Energie der Sonne liegen. Natürlich wollte ich sie nutzen. So hoffe ich, dass auch andere von dieser positiven Energie profitieren würden, denn ich dachte, je objektiver wir denken, desto mehr positive Energie würde unseren Körper erfüllen.

Heute glich Deutschland einem Sonntag; es war ein (religiöser) Feiertag für die Deutschen. Das Wetter war toll. Nach einem energiegeladenen Frühstück wollte ich mit der ersten Gartenarbeit beginnen. Bisher hatte ich mir noch nie Gedanken darübergemacht, wie ich den Garten gestalten wollte. Alle möglichen Ideen flogen in meinem Kopf herum, als ich den Garten zum ersten Mal in die Hände bekam.

Ich konnte dies hier und das dort pflanzen. Das würde hier gut aussehen. Eigentlich war das ein schönes Gefühl, wie ein Haus zu organisieren. Alle für den Garten benötigten Materialien wurden in einem leeren Raum in der Nähe der Treppe gelagert, die vom Hausflur zu meiner Wohnung führte.

Meine Geschwister waren wach. Eigentlich würden sie wegen des Feiertags bestimmt eine Stunde länger schlafen, aber sie wachten beide von meinem Lärm auf. Um keinen der beiden zu kränken, begrüßte ich sie mit einem Lächeln und einem Kuss: »Guten Morgen, meine Lieben.«

Sonntags war unser Frühstückstisch recht üppig gedeckt. Mit anderen Worten: was immer Gott uns gegeben hatte. Wir legten großen Wert auf das Sonntagsfrühstück, wir nahmen uns mehr Zeit als an anderen Tagen. Auch legte ich großen Wert auf die Optik, denn das Auge aß schließlich mit.

An Wochentagen hatten wir es wegen der Arbeit und der Schule alle sehr eilig, uns fertigzumachen. Aus Eile steckten wir uns etwas in den Mund und machten uns auf den Weg. Nun, dies war Deutschland, wo das Arbeits- und Schulleben in aller Herrgottsfrühe begann, bevor es hell wurde. Es war ein diszipliniertes und bürokratisches Land; diese Eigenschaften von Deutschland gefielen mir sehr gut. Aber es war nicht nur ein bürokratisches Land mit einem ordentlichen System, sondern auch ein vorbildliches Land.

Nach dem Frühstück begann ich mit großer Freude und guter Laune mit der Gartenarbeit. Meine Geschwister halfen mir, alle notwendigen Materialien zu tragen. Natürlich war ich vorbereitet, ich hatte ja schon die Samen von allem, was in dieser Saison gepflanzt wurde, gekauft. Zuerst musste ich den Garten komplett auf den Kopf stellen. Bei der Gartenarbeit fand ich viel Ruhe, das tat mir gut. Es war, als könnte ich mich so ausruhen. An diesem Tag verbrachte ich fast den ganzen Tag im Garten.

Warum hatte ich in letzter Zeit angefangen, meine Tage so detailliert zu beschreiben?

In letzter Zeit, ja, nach diesen jüngsten Neuerungen, fühlte ich eine Freude, einen Frieden und eine Erfrischung in mir.

Ich spürte Erleichterung, sowohl über die Veränderungen, die ich über mich selbst erfahren hatte, als auch über meine Pläne der Rache, die ich im Laufe der Zeit umsetzen würde. Diese Gefühle wollte ich mit euch teilen.

Was für ein wichtiges Gefühl, was für ein unentbehrliches Gefühl!

Ich fühlte mich erleichtert, weil ich wusste, dass diejenigen, die mich grausam behandelt hatten, zu gegebener Zeit bestraft wurden. Es war, als würde der Gerechtigkeit Genüge getan. Wenn man in Gedanken einen Ort fand, an dem man ein Gleichgewicht erreicht hatte, spiegelte sich diese innere Erleichterung im Gesicht mit einem Lächeln wider. Mit einem Lächeln konnte man zeigen, dass man glücklich war.

Aber ich war ein mürrischer und unglücklicher Mensch, bevor das Recht erfüllt war. »Schweigt also nicht zu den begangenen Vergehen. Unterwerft euch nicht den Ungerechtigkeiten, die euch angetan werden. Greift ein, auch wenn nicht alles sofort und rechtzeitig geschieht, eines Tages wird die Gerechtigkeit siegen. Die Schuldigen werden bestraft. Wenn diese Zeit gekommen ist, schweigen Sie nicht! Verteidigt eure Rechte«, diese Botschaft möchte ich euch übermitteln, so wie sie mir gerade durch den Kopf gingen. Als jemand, der selbst eine Viktimisierung erlebt hatte, möchte ich euch diese Botschaft übermitteln. Ich hatte das Gefühl, dass ich zum ersten Mal lebte und mich als Mensch fühlte.

Mittlerweile waren wir am Ende des siebten Bandes angelangt. Es schien, dass Yasemin immer mehr rationale Entscheidungen traf und immer reifer wurde. Yasemins Altersgenossen lebten jedoch nicht das Leben, das Yasemin führte. Es waren Menschen aus anderen Welten. Denn Yasemin hatte immer mit Menschen zu tun gehabt, die älter als sie waren, und sie konnte sich immer mit ihnen verständigen. Ihre Erfahrungen hatten Yasemin reifen lassen, ob sie es wollte oder nicht.

Seitdem sie diese Unterlagen für mich vorbereitet hatte, waren acht Jahre vergangen. Genau acht Jahre später schickte sie mir diese Kassetten, eine nach der anderen nummeriert. War das nicht interessant?

Wie Sie dem Inhalt der Aufnahmen entnehmen können, die Yasemin vor acht Jahren angefertigt hatte, war sie, wie sie selbst mehrfach erwähnt hatte, durch die Veränderungen, die sie durchgemacht hatte, immer selbstbewusster, geerdeter und ziemlich stark geworden. Jetzt war sie fähig, alleine auf ihren Füßen zu stehen, sie war eine intelligente junge Frau. Wenn Yasemin diese Gefühle vor acht Jahren empfunden und sich in diese Richtung verändert hatte, können Sie sich dann vorstellen, wie sie heute acht Jahre später, zu den Menschen gehörte, die ein Mitspracherecht hatten?

Obwohl ich nie Kontakt zu ihr hatte, kamen diese Gefühle in mir auf: »Vor acht Jahren, acht Jahre später.« Ich möchte nur sagen: »Es wäre angemessen.« Mit diesem Gedanken lag ich bestimmt nicht falsch. Die Zeit würde alles zeigen, denn ich war mir sicher, dass es so sein wird. Wir werden gemeinsam abwarten und sehen ...

Vor einer Woche hatte mir Yasemin Kassette acht, neun und zehn geschickt. Diesmal konnte ich meine Arbeit ohne Unterbrechung fortsetzen. Jetzt, da drei Bänder zusammen eintrafen, konnte es länger dauern, bis ich fertig war.

Nach den acht Jahren Pause in «Yasemins Rache» hatte sie ein anderes System der Zusammenarbeit mit mir eingeführt. Wir standen nicht in Kontakt wie damals, aber ich hatte das Gefühl, dass ihre Rückkehr phänomenal sein wird.

Kassette acht war eine besondere Botschaft an mich. Als ich anfing, sie abzuhören, sagte ich: »Oh nein, das ist unglaublich!« Ich war sehr gerührt, denn sie hatte mich mit dieser schönen Überraschung sehr glücklich gemacht.

Inhaltlich äußerte sie einige Wunden, die sie nicht im Buchprojekt erwähnen wollte. Es war fast so, als würde sie mit mir sprechen. Es war, als ob sie ihr Herz ausschütten würde. Yasemin schien sich wirklich verändert zu haben. Diese Veränderungen, die sie erlebt hatte, spiegelten sich in ihrer Sprache und Tonlage wider. Ihr Tonfall und die verschiedenen Sätze, die sie gebrauchte, hatten mich sofort überzeugt. Schauen wir uns gemeinsam an, wie Yasemin Tag für Tag ein neues «ICH» geworden war und weitere Veränderungen erlebt hatte.

Ein Wort,

kann das Leben eines Menschen verändern!

Lesen Sie und schweigen Sie nicht!

KAPITEL 14

Tatsächlich hatte ich heute einen sehr aktiven Tag. Bevor ich morgens zur Arbeit gegangen war, hatte ich unter der Bedingung der Anonymität eine E-Mail an die E-Mail-Adresse von Nihat geschickt. Darin hatte ich die Forschungsergebnisse und Informationen über unsere berühmte Frau Nalân, d.h. die Frau von meinem Stiefbruder Nihat, übermittelt. Außerdem hatte ich die vom Detektiv aufgenommenen Fotos als Beweismittel in einer Datei hinzugefügt. Ihren Betrug hatte ich einen nach dem anderen aufgedeckt. In meiner Botschaft hatte ich deutlich geschrieben, dass er betrogen worden war.

Diese Post würde ihn sehr erschüttern. Vielleicht hätte er diesen Vorfall weiterverfolgt, um ihn selbst zu untersuchen. Vielleicht würden ihm durch meine Mail die Augen geöffnet. Hoffentlich würde er erkennen, was los war. Da sie unter strenger Beobachtung stand, würde ich früher oder später ihre Reaktion auf meine E-Mail herausfinden.

Diese Frau Nalân war in Wirklichkeit eine Schwindlerin, eine Fälscherin, eine Betrügerin. Diese Frau sollte eine schwere Strafe zahlen. Diesmal suchte der Detektiv nach Beweisen für Straftaten, um diese zu finden, wollte er einen engen Freund von ihm anrufen, der in der Finanzabteilung der Holding arbeitete und den wir durch unseren Fahrer kennengelernt hatten. Er hatte bereits meinen Laptop organisiert. Dank ihm konnte ich die Aufzeichnungen der Sicherheitskameras online einsehen, und die Ein- und Ausgänge zum und vom Konto der Holdinggesellschaft waren für jeden unsichtbar. Diese Person war für mich sehr nützlich gewesen.

Ich hatte ihn gebeten, die bemerkenswerten Ausgaben zu kontrollieren. Die Ermittlungen ergaben, dass die Dinge tiefer lagen, als wir dachten. Je mehr ich grub, desto mehr Dinge kamen zum Vorschein. Eine schändliche Frau! Sobald ich Beweise hatte, schickte ich sie an die E-Mail-Adresse meines Bruders, ohne mit der Wimper zu zucken. Von nun an schickte ich sie ihm, wann immer ich Beweise gegen Nalan fand.

Einige Tage später führte ich ein Telefongespräch mit meiner Tante Meral. Denn ich wollte, dass die E-Mails (Bilder, Beweise, Dokumente, Unterlagen ...), die ich meinem Bruder geschickt hatte, in einem Umschlag auf dem Schreibtisch in seinem Büro gelegt werden. Deshalb wollte ich sie an die Adresse des Hauses im Zentrum von Tante Meral schicken. Ich war sehr wütend auf meinen Bruder, aber ich wollte, dass er es selbst erkannte. Schließlich dachte er damals, ich hätte es auf ihn abgesehen. Natürlich wollte ich nur helfen, aber als ich es ihm gesagt hatte, war es ihm gleichgültig gewesen. Okay, die Zeiten waren anders. Ich gebe es zu!

Als mein Vater Hikmet und meine Mutter Filiz gestorben waren, war auch die innere Welt meines Bruders in Aufruhr gewesen. Wie wir alle. Frau Nalân hatte meine Geschwister und mich gegen Geld an meine Tante übergeben, die in Deutschland lebte, und mein Bruder hatte die drei Affen gespielt. Nicht sehen, nicht hören, nicht sprechen, als wäre es dann nicht die Wahrheit, was passiert war. Wir waren gegen unseren Willen zu meiner Tante nach Deutschland geschickt worden. Danach lebten wir drei Jahre lang im Keller, in einem feuchten, schmutzigen, rostigen und dunklen Raum.

Wir mussten unsere Trümpfe noch mit dieser Frau namens «Tantchen» ausspielen, aber alles zu seiner Zeit.

Gott sei Dank hatten wir diese Tage überlebt. Meine Erlebnisse reihten sich wie die Perlen einer Kette aneinander. Die grausamen Dinge, denen ich ohne Pause ausgesetzt war, hatten mich nie in Ruhe gelassen. Aber jetzt war das Problem gelöst, Gott sei Dank. Ich hatte diese Tage überlebt, mit Gottes Erlaubnis hatte ich es abgeschüttelt in der Hoffnung, nie wieder so etwas zu erleben. Nun konnte ich die schlechten Erinnerungen aus der Vergangenheit Tag für Tag aus meinem Leben streichen.

Vielleicht schaffte ich nicht alles abzuschütteln, aber zumindest würde ich das meiste davon verarbeiten können. So konnte ich eines Tages mein Leben als neue Yasemin weiterführen. Vielleicht ... Ich musste leben und abwarten ... Auch wenn ich noch nicht wusste, was mich erwartete. Die Zeit würde alles zeigen. Vielleicht würde ich einen ganz anderen Weg einschlagen, ganz und gar nicht so, wie ich es mir vorgestellt hatte.

Erfahrungsberichte können manchmal inspirierend sein.
Liest!

KAPITEL 15

Drei Monate nach meinem Umzug!

Meine neue Arbeitgeberin hatte mich für einen preisgekrönten europäischen Wettbewerb für Brautfrisuren und Hochsteckfrisuren angemeldet. Darüber war ich sehr aufgeregt, denn es sollte mein erster Wettbewerb sein. Die Teilnehmer kamen aus ganz Europa, jedes Jahr wurde sie auch in einem anderen europäischen Land abgehalten. »Oh mein Gott«, dachte ich mir, ich musste für diesen Tag einen außergewöhnlichen Entwurf erstellen. Natürlich hatte ich mich manchmal während der Arbeit oder nach meiner Arbeitszeit auf den Wettbewerb vorbereitet. Je nachdem, welches Land die Europameisterschaft gewonnen hatte, wurde der Wettbewerb im darauffolgenden Jahr in diesem Land veranstaltet. Dieses Mal würde er in Belgien stattfinden.

Der Tag klopfte an die Tür. Zusammen mit meiner Arbeitgeberin und meinem Modell kamen wir in Belgien für den europäischen Wettbewerb an. Wir wohnten in einem Hotel. Mit jeder Faser meines Körpers war ich bereit für den Wettbewerb, der auf der Bühne mit dem Modell stattfand. Es lief wirklich sehr gut, ich verließ den Wettbewerb als Zweitplatzierte der Europameisterschaft ... Es war unglaublich ... Obwohl es mein erster Wettbewerb war, hatten sie mich für würdig befunden, den zweiten Platz zu belegen.

Dies war ein Anfang und ein Erfolg für mich. Obwohl ich mich noch in der Ausbildung befand, war ich durch dieses Ergebnis sehr motiviert. Mein zweiter Platz wurde neben den anderen Preisen im Salon aufgehängt. Es war ein Gefühl von Glück und Ehre.

So wie ich in der Türkei begonnen hatte, ein Fundament zu legen, musste ich auch in Deutschland ein Fundament legen, damit hatte ich nun begonnen. Die Ausbildungszeit hatte mich sehr erschöpft. So konnte ich anderen Dingen nicht viel Bedeutung beimessen. Ich schwamm und schwamm, ich hatte das Ende dieser intensiven Zeit noch nicht erreicht. Jetzt waren es noch ein paar Monate bis zum Ende. Immer wieder sagte ich mir, dass ich diese Tage genauso überstehen werde wie die anderen Tage auch.

Ich würde es durchstehen ...

Von Tante Meral hatte ich die Nachricht erhalten, dass mein Brief bei ihnen angekommen war. Der Brief wurde heimlich auf dem Schreibtisch meines Bruders in der Holdinggesellschaft gelegt. Er enthielt einige sehr wichtige Informationen, die ihn aufklärten und zur Vernunft bringen würden. Mein Bruder würde sich wieder erholen und aufrappeln.

Er musste sich einigen Wahrheiten stellen, aber er musste auch einige Wahrheiten sehen, um zur Vernunft zu kommen.

Vielleicht war es wie ein Schlag ins Gesicht, vielleicht würde es ihn, wenn er es zum ersten Mal sah, so sehr verletzen, dass er sich ganz in sich selbst zurückzog. Er würde eine ganz andere Dimension erreichen, aber er musste die Brille abnehmen, die ihn geblendet hatte, er musste sie abnehmen, um der Wahrheit ins Auge sehen zu können. Wie in anderen Angelegenheiten auch, werden wir abwarten und sehen.

Lassen Sie mich die Büroetage meines Bruders in der Holding beschreiben, damit Sie sich besser vorstellen können, was ich Ihnen gleich erzählen werde. Im Zentrum einer beliebigen Großstadt in der Türkei, im 24. Stock eines Hochhauses (Wolkenkratzer), auf einer Fläche von ca. tausendachthundert Quadratmetern stellen Sie sich eine Etage vor, die mit den visuellsten, größten, schönsten und auffälligsten modischen Büromöbeln (weiß glänzend) ausgestattet war. Für den Eingang; Empfangs- und Beratungsbereich waren in der Regel vier Bedienstete für diesen Bereich zuständig. Telefonzentrale, Empfang, Sitzungsdienste usw. ...

Etwas weiter unten im Korridor teilte sich der Gang in eine rechte und eine linke Abzweigung. Wenn man noch ein Stück weiterging, verschmolzen die Gänge zu einer runden Form. In diesem Teil gab es kleine und große Büros, deren Anzahl ich nicht kannte. Die Ausstattung dieser Etage war großartig. Die Innenwand der beiden Gänge, die in einen linken und einen rechten Gang unterteilt waren, bestand aus dickem Glas, durch das Wasser in Form eines Wasserfalls floss. Die Innenwand des runden Teils des gesamten Korridors wurde von der Innenarchitektin auf diese Weise gestaltet. Hinter einer Betonwand befand sich die Kantine der fünf verschiedenen Stockwerke des Hochhauses, die zur Holding gehörten, sowie die Toiletten.

Der andere Teil des Hochhauses war auf die gleiche Weise gestaltet. Dieser Teil war das Büro meines Bruders. Ohne das Büro betreten zu müssen, erreichte man die Rezeption, sowie den Chefsekretere. Zu denen man durch einen kurzen Gang ging.

Der Sitz, auf dem er saß, glich fast einem Stuhl eines Sultans. Diese Erklärung war bildlich gesprochen, damit Sie eine Vorstellung bekommen.

Nun stellen Sie sich meinen Bruder in seinem eigenen Büro vor. Am Morgen näherte er sich seinem Schreibtisch, vielleicht in lebhaftem und halbwachem Zustand. Nachdem er seine Tasche irgendwo abgelegt hatte, würde er den Brief entdecken. Überrascht würde er den Brief öffnen, den Umschlag erneut auf die Vorder- und Rückseite wenden. Dann würde er die Bilder eins nach dem anderen in einem verwirrten Zustand anschauen.

Weiterhin stellte ich mir vor, wie er sagte: »Was ist das?« Nachdem er ihn gelesen hatte, ließ er sich auf seinem Stuhl der dem eines Sultans glich, fallen. Ein oder zwei Minuten lang konnte er sich auf seinem Platz nicht rühren. In seinem Sitz las er den kurzen Text noch einmal, drückt ihn zwischen seiner Handfläche zusammen, dann schaute er sich die Bilder erneut an und stand plötzlich auf. Nachdem er seine Krawatte, dazu sein Jackett zurechtgerückt hatte, verließ er sein Büro und fragte seine Sekretärin am Empfang: »Wer hat diesen Brief auf meinem Schreibtisch hinterlassen?«

Die Sekretärin erwiderte: »Ich weiß es nicht!« Ohne anzuhalten, ging mein Bruder mit schnellen Schritten zum ersten Empfangs- und Beratungsbereich, als er auch dort keine klare Antwort erhielt, kehrte er in sein Büro zurück.

Nachdem er dem Sicherheitsdienst am Telefon mitgeteilt hatte, dass er die Aufnahmen der Überwachungs kamera sehen möchte, sah er sich das Material an. Da diese Bilder jedoch bereits gelöscht worden waren oder nicht aufgenommen wurden, konnte er keine Hinweise finden. Danach gab es einige private Telefongespräche über dieses Thema ...

Ja!

Wie ich erwartet hatte, hatte mein Bruder die E-Mails, die ich ihm geschickt hatte, nicht gesehen und verhielt sich so, wie ich gehofft hatte, als er den Brief erhalten hatte. Auch wenn es bitter war, war es das Verhalten, das ich von meinem Bruder wollte und erwartete. Die Wahrheit war bitter, leider. Natürlich tat es mir sehr leid für meinen Bruder, aber die Zeit, die Wahrheit zu erkennen, war bereits gekommen und vergangen.

Mein Bruder war auf der Suche nach dem Verfasser des hinterlassenen Zettels. Jeden Tag ging er neue Wege, um die Wahrheit herauszufinden. Innerhalb weniger Tage sah er die Wahrheit mit eigenen Augen und ertappte seine Frau Nalân in ihrem anderen Leben mit der Kreatur, der als Familienanwalt galt. Im Eifer des Gefechts gerade noch rechtzeitig. »Nalân!«, rief er. *Das nenne ich eine echte Konfrontation,* dachte ich mir.

Er hatte das wahre Gesicht dieser Kreatur, die eine der Anwälte der Holding war und auch als Anwalt der Familie bekannt war, mit dieser Notiz gesehen, die ich ihm geschickt hatte. Darüber war ich sehr glücklich, dass es von nun an keine Menschen mehr geben würde, die meinen Bruder verärgern würden. Ich tat mein Bestes, um sicherzustellen, dass mein Bruder die Wahrheit erkennen würde. Ich war gesegnet mit der Zustimmung meines Herrn sogar das Unmögliche möglich zu machen.

Aufgrund dieser Tatsachen reichte er sofort die Scheidung mit Frau Nalân ein. Unerschüttert kehrte er in sein Geschäftsleben zurück. Aber eines der bekannten Probleme war, dass Frau Nalân in dieser Trennungsangelegenheit viel mit meinem Bruder zu tun haben würde. Das Ergebnis war noch nicht bekannt.

Angesichts dieser Entwicklungen war ich sehr erleichtert, ich konnte es gar nicht beschreiben. Obwohl mein Bruder seine Beziehung zu Frau Nalân beendet hatte, war ich noch nicht fertig mit ihr. Das war der erste Schritt, den ich geplant hatte. Ich wartete immer noch auf den Tag, an dem Frau Nalân in die Gosse gezerrt werden würde. Frau Nalân war immer in den Fernsehsendungen präsent. So gaben mein Bruder, der zu den bekannten und angesehenen Geschäftsleuten gehörte, und Nalân, die als Gast an den TV-Programmen teilnahm, ihre Scheidung in der Presse bekannt. Es handelte sich also nicht um eine geheime Angelegenheit. Alle hatten diese Trennung miterlebt.

Nach dieser Nachricht kehrte ich in mein tägliches Leben zurück. Auch wenn es nur für ein paar Tage war, musste ich mich wieder auf mein privates und berufliches Leben konzentrieren.

Die meisten sagen, dass die Wahrheit ihnen wichtig ist.
Bis sie sie hören.

KAPITEL 16

Zwei Wochen später!

Heute war Sonntag und ich war sehr müde, denn ich hatte den Friseursalon, die Treppe, den Flur geputzt und im Garten wirklich insgesamt sieben Stunden lang ununterbrochen gearbeitet. Jetzt entspannte ich mich im Garten mit einer Tasse Tee, zum Glück war das Wetter sehr schön. Meine Geschwister waren ins Kino gegangen, so war ich allein. Nach einer kleinen Ruhepause und meiner Aufnahme würde ich die Ärmel wieder hochkrempeln.

Gestern Abend hatte ich ein langes Gespräch mit meiner Tante Meral über Videoanruf. Schließlich hatte ich wieder einige neue Informationen errungen. Mein Bruder hatte nach einer Schicht ein langes Gespräch mit Onkel Osman im Garten. Es hatte emotionale Momente gegeben. Onkel Osman und Tante Meral hatten so große Rechte über meinen Bruder wie eine Mutter und ein Vater. So wie Tante Meral zu ihrer Zeit eine Mutter für uns war, so war sie es auch für meinen Bruder mit dem gleichen Gefühl und Blick. Er hatte mehr elterliche Zuneigung erfahren als wir. Nach einiger Zeit wurden wir gegen unseren Willen nach Deutschland geschickt. Dieses Gefühl blieb uns als Geschmack erhalten. Mein Bruder schüttete Onkel Osman sein Herz aus. Nachdem mein Bruder seinen letzten Satz beendet hatte, hatte ihm Onkel Osman den folgenden Rat gegeben, den mir meine Tante eins zu eins am Telefon wiedergab:

»Sieh mal, mein Sohn, du bist ein großer Mann geworden. Jahrelang haben wir uns für deinen verstorbenen Vater Hikmet und deine verstorbene Mutter Filiz eingesetzt. Meine Frau war nicht dein Kindermädchen, sondern war und ist dir so warmherzig und nah wie eine richtige Mutter. Du bist in ihren Händen aufgewachsen, du bist ein Sohn für uns. Okay, wir erfüllen hier unsere Dienstleistungen, das eine Trennen wir von dem anderen.

Was deine Frau betrifft, so weiß ich, wo ich hingehöre, und du sollst wissen, dass ich nicht zu weit gehen will. Wir respektieren jede Entscheidung, die du triffst. Wenn du dich erinnerst, hat Tante Meral in den ersten Tagen mit dir gesprochen. Jahre sind vergangen, du hast es vielleicht vergessen. Aber auch wenn du nicht an sie denkst, hat deine Schwester Yasemin auch mit dir gesprochen, bevor sie nach Deutschland geschickt wurde. Sie wollten dich beide wachrütteln, um dich vor deiner unehrlichen Frau zu schützen, ohne jedoch zu weitzugehen. Sie haben diese Gespräche geführt, ohne zu weitzugehen und auf eine Weise, die dein Urteilsvermögen respektiert hatte.

Es ging zum einen Ohr rein und zum anderen wieder raus. Ist das eine Lüge, mein Sohn? Du rufst deine Stiefgeschwister, die in Deutschland leben, nicht mehr an. Geht es ihnen gut bei ihrer Tante, wie geht es ihnen? Rufst du nicht an und fragst, wie es ihnen geht? Rufst du an und fragst, mein Sohn? Ich zögere zu weit zu gehen, mein Sohn, um ehrlich zu sein, aber diese Frau, die deine Frau geworden ist, hat nichts Gutes getan, indem sie sie weggeschickt hat.

Ist dir nie in den Sinn gekommen, wo sie ihre Tante gefunden hat, warum sie ihr eine große Summe Geld gegeben hat, warum sie alle drei gegen ihren Willen weggeschickt hat, um sie auf die Schnelle loszuwerden? Hast du dir diese Fragen noch nie gestellt?

Sie sind Waisen von beiden Seiten.

Ihr seid alle vier adoptiert worden. Okay, vielleicht waren sie gerade erst in die Familie eingetreten, aber das hat nichts zu bedeuten, mein Sohn. Recht ist Recht. Ihr alle vier wurdet von eurem verstorbenen Vater Hikmet und eurer verstorbenen Mutter Filiz adoptiert. Hast du diese Zeiten vergessen? Ich weiß, dass dir das durch den Kopf gehen muss, aber es gibt nichts, was Frau Nalân nicht getan hatte. Wie oft hat sie dir im Schlaf große Summen Geld abgenommen, und vielleicht hast du es gemerkt, vielleicht auch nicht, aber wach auf. Öffne deine Augen, mein Sohn. Schau, jemand hat dir Beweise geschickt, um dich zu warnen, wer auch immer es war, ich danke ihm, dass er deine Augen geöffnet hat. Wach auf, mein Sohn. Die Verstorbenen waren rechtschaffene Menschen.

Dieses Erbe ist an Schweiß und harte Arbeit gebunden, aber ihr seid vier Kinder. Jetzt musst du zur Vernunft kommen, nicht nur du hast ein Recht auf dieses Erbe, sondern auch deine Geschwister haben ein Recht darauf. Du solltest sie anrufen und nach ihnen fragen. Dies ist deine erste und wichtigste religiöse Pflicht, dann deine Pflicht als Stiefbruder. Nach Angaben der Justizbehörden können sie nun auch einen Strafantrag stellen. Es gibt noch viele andere Dinge, mein Sohn, ich will sie nicht einzeln aufzählen. Gut, dass du damals einen Ehevertrag abgeschlossen hast. Egal, wie viele Jahre du schon verheiratet bist, laut Vertrag wirst du das Geld sofort bezahlen und die Frau vollständig loswerden, um dich nicht mehr mit ihr abgeben zu müssen. Das wars ... Und was auch immer in dem Vertrag steht, ich bitte darum, dass es von deinem Anteil bezahlt wird. Bitte rühre die Rechte der Kinder nicht an, suche nach ihnen, mein Sohn, das ist deine religiöse und humanitäre Pflicht.«

Tante Meral hatte eine Art, die Geschichte so zu erzählen, als wäre sie dabei gewesen, als hätte sie das Gespräch live gehört und erlebt. Es war, als wäre sie wirklich anwesend gewesen, aber meine Tante Meral hatte einen solchen Stil, ohne mehr oder weniger hinzuzufügen.

»Redet ihr miteinander, telefoniert ihr ab und zu? Hast du die Nummer von Yasemin, wenn ja, kannst du sie mir geben? Diese Fragen stellte mir dein Bruder. Was soll ich sagen, meine Tochter?«, hatte meine Tante Meral gefragt.

»Okay, das ist eine gute Idee. Er kann mich nach acht Uhr bis zehn Uhr abends erreichen«, erwiderte ich im Anschluss unseres Gespräches, so schlossen wir das Thema ab. So würde ich auch nicht aus heiterem Himmel überrascht werden, wenn mein Bruder plötzlich anrief. Wenigstens würde ich auf den Anruf vorbereitet sein.

Fürchte die Rache einer Person,
die tief verletzt wurde!

KAPITEL 17

Es war Freitag!

Obwohl alles ein wenig kompliziert erschien, war alles gut organisiert, so wie ich es wollte, wie es sein sollte. Nachdem ich eine Sache erledigt hatte, wollte ich mich um die nächste kümmern. Alle nacheinander würde ich mit ihnen abrechnen. Diese Etappe mag nicht einfach für mich sein, ich musste viel Kraft und Stärke aufwenden, aber ich musste es am Ende schaffen. Es gab kein Aufgeben. Ich würde mich ihnen allen noch stellen.

Mein Bruder hatte mich am selben Abend angerufen. Ich war aufgeregt, als ich die türkische Nummer auf dem Display meines Telefons sah, und das erste, was mir einfiel, war mein Stiefbruder Nihat. Das war die Gelegenheit, nach vielen Jahren wieder mit meinem Bruder zu sprechen. Er musste sich darüber geärgert haben, was Onkel Osman zu ihm gesagt hatte, denn er schämte sich. Nach einem zwanzigminütigen Telefongespräch setzten wir das Gespräch über Videoanruf fort. Über meine Veränderung war er sehr überrascht.

»Wo war ich all die Jahre?«, fragte er immer wieder. Es war, als wäre mein Bruder nach dem plötzlichen Tod unseres Vaters Hikmet und unserer Mutter Filiz in einen Trancezustand gefallen und gerade erst erwacht. Als die unehrliche Frau neben ihm wegging, konnte er natürlich alles klarer sehen. Meine Tante Meral hatte mir auch erzählt, dass sie diese Veränderung erlebt hatte. Ehrlich gesagt war ich neugierig auf ihn. Am Telefon wurde ich selbst Zeuge von seinem Erwachen.

Mein Bruder hatte mehrmals betont, dass wir in die Türkei kommen müssen. Als ich sagte: »Wir wollen unseren Urlaub in der Türkei verbringen«, war er begeistert. Er begann augenblicklich Pläne zu schmieden. Aber ich wollte sofort nach ein oder zwei Tagen zurückkehren, nachdem ich meine Geschwister zu meiner Tante Meral und meinem Onkel Osman gebracht hatte. Als ich das sagte, meinte mein Bruder: »Okay, wie schön! Wir sind alle wieder zusammen.«

Das war eine gute Entwicklung.

Aber ich wollte Frau Nalân unbedingt begegnen, auch wenn es nur ein einziges Mal war. In Deutschland standen die Osterferien vor der Tür. An diesen Feiertagen wollte ich meine Geschwister in die Türkei zu meiner Tante Meral schicken, die seit unserer Ankunft in Deutschland nicht mehr in die Türkei fliegen konnten. Für ein oder zwei Tage blieb ich bei ihnen. Die Aufregung wuchs von Tag zu Tag in mir. Die Vorbereitungen für unseren Urlaub in der Türkei hatten begonnen. Ich erledigte unsere Souvenir-Einkäufe während der Mittagspause, denn die Zeit war sehr knapp und die Zeit war begrenzt. Ich hatte versucht, alles unter einen Hut zu bringen.

In der Zwischenzeit hatte ich von meiner Arbeitgeberin die Erlaubnis für meinen Urlaub bekommen. Der Karfreitag war ein Feiertag, Ostersonntag und Ostermontag war alles geschlossen ... Aber das Schlimmste war, dass am Samstag alles geöffnet war und ich arbeiten musste. Mein Arbeitskollege sagte: »Schon gut, mach du deinen Urlaub, geh mit deinen

Geschwistern in die Türkei, ich komme zur Arbeit.« Dank ihm konnte ich unsere Flugtickets entsprechend organisieren.

Um keine Zeit zu verlieren, hatte ich unsere Flugtickets für Donnerstagabend gebucht. Meine Geschwister würden zwölf Tage bleiben. Ich wollte von Donnerstagabend bis Montagmittag bleiben, was für mich ohnehin genug war. Aber ich hatte mich sehr für meine Geschwister gefreut, es wäre eine Abwechslung für sie. Obwohl ich dachte, dass Kiraz noch jung war und sich vielleicht nicht mehr daran erinnern würde, waren ihr die meisten Erinnerungen von damals im Gedächtnis geblieben.

Aber ich hatte nicht mehr die kleine Kiraz vor mir, wir waren jetzt gleich groß. Stellen Sie sich vor, wie viel Zeit vergangen war! Kiraz war damals in der ersten Klasse gewesen, als wir im Haus meiner Tante gewohnt hatten. Heute war Kiraz dreizehn Jahre alt. Wir werden ihren Geburtstag in der Türkei in unserem Urlaub feiern. Jetzt wurde sie schon vierzehn Jahre alt. Es war nur noch ein Jahr bis zum Abschluss der Mittelstufe, das war unvorstellbar. Wie schnell die Zeit verging.

Wie konnten wir bleiben, wie wir waren, wenn die Zeit so schnell verging? Suat war ein großer, intelligenter, gutaussehender junger Mann geworden. Mit seinen achtzehn Jahren hatte er die Mittelstufe abgeschlossen und absolvierte ein dreijähriges Abitur. Es war kein Luxus, gleich nach dem Schulabschluss ein Studium zu beginnen. Diese Phase musste er durchlaufen, es gab keinen anderen Weg!

Was mich betraf, so war ich dieses Jahr vierundzwanzig Jahre alt geworden. Die Zeit schreitet voran, manchmal barmherzig, manchmal grausam, aber sie schreitet unaufhaltsam voran. Meine beiden Geschwister waren meine Ehre. Ich fühlte mich durch beide geehrt.

In den nächsten Tagen würden mir sehr hektische Tage bevorstehen, denn es waren noch drei Monate bis zum Ende meiner Berufsausbildung. Jetzt war ich mitten in den Prüfungsvorbereitungen. Die meisten Leute dachten, der Beruf bestand darin, Haare zu schneiden. Aber wenn sie wüssten, was es bedeutete, würden sie nicht so reden. Natürlich gab es diejenigen, die ihren Wert kannten. In der Zwischenzeit teilte mir meine Arbeitgeberin mit, dass sie mich für ein neues Auswahlverfahren in einem Wettbewerb anmelden würde, der für diejenigen war, die eine Berufsausbildung absolvierten. Es ging wieder um die goldene Schere. Sie überließ mir die Entscheidung, in welchem Bereich ich an dem Wettbewerb teilnehmen würde. Nachdem ich die Regeln des Wettbewerbs gelesen hatte, teilte ich ihr am Arbeitsplatz meine Vorlieben mit: »Farbe, Föhnen und Hochsteckfrisur«, sagte ich. Entsprechend meinen Wünschen meldete sie mich für den Wettbewerb an.

Der Mensch, der sein Recht sucht, ist FREI!

KAPITEL 18

Es war Donnerstag 05:15 Uhr.

Heute flogen wir in die Türkei!

Den Wecker hatte ich auf 04:00 Uhr gestellt. Mit einer Tasse Kaffee saß ich in der Küche. Die Wäsche vom Abend war im Wäschetrockner und lief, eine Maschine voller Wäsche wurde gerade gewaschen. Da meine Geschwister oben schliefen, wurden sie vom Geräusch der laufenden Maschine nicht geweckt. In dieser Hinsicht war ich beruhigt, denn obwohl sie im Bett waren, konnte ich meine Vorbereitungen für unseren Urlaub im Haus treffen, wie ich wollte.

Wir hatten am Abend alle unsere Koffer nach unten gebracht. So packte ich die letzten Utensilien ein, unser Flug ging um 21:45 Uhr. Ich hatte nicht viel Zeit, denn ich zog es vor, vorbereitet zu sein, ich gehörte nicht zu denen, die in letzter Minute in Panik gerieten. Natürlich waren die Dinge in jeder Situation und unter allen Umständen anders. Eigentlich war heute mein Schultag, aber in Deutschland waren die Schulen geschlossen, weil es Ferien wegen der Feiertage gab. Deshalb musste ich heute arbeiten, auch die Schulen meiner Geschwister waren wegen der Ferien geschlossen. Während ich bei der Arbeit war, gingen Kiraz und Suat die letzten Besorgungen machen und kauften die letzten Souvenirs ein. Alles lief so, wie es sollte.

Nachdem ich mich fertiggemacht hatte, ging ich zur Arbeit, dort verging die Zeit sehr schnell. Aber ich war auch sehr aufgeregt, denn dieses Mal würden wir auf eine andere Weise reisen.

Obwohl an diesem Tag viel zu tun war, schickte mich meine Arbeitgeberin gegen fünf Uhr abends nach Hause. Sie schien noch besorgter zu sein als ich: »Ihr werdet euren Flug nicht schaffen«, sagte sie immer wieder. So konnte ich rechtzeitig zu Hause sein und ohne Stress die letzten Handgriffe erledigen.

Es war unglaublich, aber wir befanden uns jetzt wirklich im Flugzeug. Schließlich ließen wir den ganzen Stress hinter uns. Es war sehr schön, nach den ganzen Jahren wieder mit Nihat in Kontakt zu treten. Das war eine überraschende, aber schöne Entwicklung, die mein Gefühl von Einheit und Solidarität verstärkt hatte. Onkel Osman und Bruder Nihat würden uns vom Flughafen abholen.

Am Montagmorgen hatte ich auch einen Termin bei meiner Anwältin, die den Spitznamen blutige Nigar trug. Mal sehen, wie sich die Entwicklungen dieses Mal auf mich auswirkten oder welche Veränderungen sie bei mir bewirken würden. Ich war aufgeregt und müde, daher fasste ich mich kurz:

Auf Wiedersehen für jetzt!

Jetzt saß ich wieder im Flugzeug zurück nach Deutschland!

Die Tage waren so schnell vergangen, es war unglaublich. Heute war wirklich schon Montag. Meine Geschwister werden noch zehn Tage bleiben. Wir wurden sehr gut aufgenommen, es war das zweite Mal, dass ich dieses Gefühl erlebt hatte, für meine Geschwister war es das erste Mal. Sie sehnten sich nach diesen Gefühlen, nach dem Gefühl der Familie, der Zuneigung von Mama und Papa, einem überfüllten familiären Umfeld. Das waren für uns unbekannte und unerprobte Gefühle.

Mein Bruder war sehr überrascht, als er uns gesehen hatte. Als wir damals weggeschickt wurden, waren wir alle drei noch Kinder gewesen. Ja, Kiraz war die Jüngste, aber in Anbetracht der Lebensumstände sah Kiraz überhaupt nicht wie dreizehn aus. Am Sonntag hatten wir ihren Geburtstag gefeiert, da war sie vierzehn Jahre alt geworden. Ich hatte einen speziellen Geburtstagskuchen vorbereitet. Wir hatten eine Überraschungsparty für Kiraz im Haus organisiert. Sie war sehr glücklich, es war das Recht von Kiraz, glücklich zu sein und Glücksgefühle zu haben.

Wieder wurde ich traurig, dass meine Geschwister nicht in einer Umgebung mit Mama und Papa aufwachsen konnten. Aber es ging nicht anders, es musste so sein. Es hatte nie einen Raum für schlechte Gewohnheiten wie Einspruch oder Rebellion gegeben. Lob und Dank gebührte Gott für jeden Zustand und jede Situation, für jede Zeit und für jede Lage.

Am Samstag hatte ich ziemlich viel Zeit mit meinem Bruder Nihat verbringen können. Wir konnten auch sehr ernste Themen besprechen. Das war sowohl für Nihat als auch für mich sehr gut. Bei dieser Gelegenheit hatte ich noch viele andere Dinge erfahren.

Zum Beispiel, dass er mehrmals versucht hatte, uns telefonisch zu erreichen, aber meine Tante hatte ihn immer abgewimmelt, mit allen möglichen Ausreden, wie »sie schläft, ist bei der

Arbeit, beim Einkaufen, sie hat einen Job«. Während ich dachte, dass mein Bruder uns höchstens sechs Mal angerufen hatte, sagte er mir, dass er mehr als sechzig Anrufe getätigt hätte. Auch erfuhr ich, dass er versucht hatte, uns durch Briefe zu erreichen, unsere finanziellen Bedürfnisse zu befriedigen und uns mehrmals Taschengeld zukommen gelassen hatte.

Nie hatte ich einen Cent erhalten, auch hatte ich noch viele andere Dinge erfahren ... Es war unglaublich.

Ich wusste von all dem gar nichts. Diese Ungerechtigkeit, die meine Tante begangen hatte, war nicht hinnehmbar.

Er bestand darauf, mir alle Belege wie zum Beispiel Kontobelege zu zeigen, dass er mir Geld geschickt hatte. Während er in den Akten vor mir versunken weitererzählte, nahm er alle Versanddokumente heraus und legte sie vor mich hin. Mein Bruder schickte sechshundert Euro im Monat für uns. Er schickte für jeden von uns monatlich zweihundert Euro, die wir nie zu Gesicht bekommen hatten, und zusätzlich zu dieser monatlichen Zahlung hatte er uns von Zeit zu Zeit verschiedene Geldbeträge für unsere zusätzlichen Bedürfnisse geschickt.

Zum Beispiel: Klassenfahrten, Schulkosten, saisonale Kleidung, Möbel, Urlaub ...

Nachdem mein Bruder mir diese Dinge erzählt hatte, war ich sehr schockiert. Meine Wut auf meine Tante hatte zugenommen. Das war offiziell ungerecht. Während wir drei Jahre in diesem Kohlenkeller verbracht hatten, in der Dunkelheit des Kellers, in der Feuchtigkeit, der Kälte, dem Schmutz, dem Rost und dem Schimmel, hatte sich herausgestellt, dass hinter unserem Rücken eine Menge vor sich gegangen war. In diesem Gespräch hatte ich noch etwas erfahren. Meine Tante hatte meinem Bruder nie erzählt, dass wir in die Wohnung meiner Tante gezogen waren.

Sie sagte nur: »Sie werden die zweiwöchigen Ferien bei ihrer Tante verbringen. Sie sind zu ihrer Tante gefahren.«

Mit Ausreden wie diesen gab sie meinem Bruder ständig falsche Informationen. Diese Frau war eine glatte Betrügerin! Ich konnte sie nicht einmal Tante nennen.

Mit den Trinkgeldern, die ich in dem Friseursalon, in dem ich mein Praktikum absolviert hatte, erhalten hatte, konnte ich damals für unser tägliches Essen, unsere Getränke und die notwendigen Dinge sorgen, was in etwa zehn Euro pro Tag ausmachte. Manchmal bekam ich sieben Euro Trinkgeld, manchmal nur drei Euro, manchmal aber zwölf Euro. Ich arbeitete vier Tage in der Woche im Salon, an den anderen Tagen war ich in der Schule. Unsere Einkäufe erledigte ich meistens am Ende des Marktes, weil die Preise dann gesenkt wurden. Natürlich reichte dieses Trinkgeld nicht aus, um uns zu versorgen, denn ich konnte es mir nicht leisten, etwas anderes zu kaufen.

Wir hatte einen kleinen Handkochherd mit Gas. Das war alles, was wir zum Kochen unserer Mahlzeiten hatten. Bitte stellen Sie sich dabei vor, dass meine Geschwister und ich in diesem Keller gelebt hatten. Stellen Sie sich vor, dass ich früher ein Feuer vor der Gartenausgangstür des Kellers angezündet hatte, um das Wasser zu erhitzen und unsere Wäsche auf diese Weise zu waschen.

Bei Schnee, Winter, Regen, Sturm ... Gott allein weiß, wie ich das Feuer damals entzündet hatte. Ich wusste noch gut, wie wir diese Tage verbracht hatten, ich wusste, was wir durchgemacht hatten. Im Obergeschoss des Hauses meiner Tante gab es zwei Waschmaschinen, obwohl beide in Betrieb waren, hatten wir nicht die Erlaubnis und das Recht, sie zu benutzen. Ich wusste noch, wie ich früher unsere Wäsche draußen mit der Hand gewaschen hatte. Die Handwäsche war nicht das Problem, sondern die ganze Situation. Das war bedauerlich!

Es gab keinen Herd, keine Lampe, keine Heizung. Was an Unrat vorhanden war, wurde in andere leere Räume gestopft. Meine Geschwister und ich hatten an einem Ort gelebt, an dem selbst Mäuse keinen Unterschlupf finden konnten. Wir waren gerade erst in Deutschland angekommen. Es gab weder eine Sprache noch Reisekenntnisse. Wir waren völlig schikaniert geworden.

Nachdem ich einige Informationen von ihm erhalten hatte, erzählte ich meinem Bruder, was passiert war. Darüber war er überrascht und schockiert. Sogar Bilder hatte ich ihm aus dieser Zeit gezeigt. Er wurde angespannt und ziemlich wütend. »Ich werde mich darum kümmern!«, grollte er. Daraufhin fragte ich ihn: »Wie?«

»Ich muss erst mit ihr sprechen, bevor ich weitere Schritte unternehme«, erklärte er. Ohne viel Zeit zu verlieren, griff mein Bruder zum Telefon und rief meine Tante an.

»Es hat keinen Sinn, zu lange zu reden, ich werde Sie verklagen«, sagte er, dann hatte er schon aufgelegt. Kurz hatte er mir erzählte, dass sie nur undeutlich durch den Hörer genuschelt hatte. Danach rief er, ohne mich auch nur anzusehen, sofort seinen Anwalt an. Er erklärte die Situation, wie sie war. Wenn es am Montag zu spät wäre (da ich zurück nach Deutschland fliegen würde), lud er mich für diesen Tag zu sich nach Hause ein. Sonst hätten wir am Montag mit unseren Beweisen und Belegen einen Termin in seinem Büro machen müssen, aber so war es besser.

Als der Anwalt eintraf, hatte mein Bruder bereits alle Beweise kopiert und vorbereitet.

In der Zwischenzeit sagte ich zu meinem Bruder: »Frau Nalân hatte meiner Tante damals eine Menge Geld gegeben, fast hundertfünfzigtausend TL, und dann noch einmal hunderttausend TL, um mich nach Deutschland bringen zu lassen.«

Mein Bruder konnte nicht glauben, was er hörte.

»Am Flughafen habe ich deiner Tante fünftausend Euro in einem Umschlag gegeben«, sagte er. Meine Tante hatte ihm berichtet, dass das Obergeschoss noch nicht fertig ausgebaut sei und dass sie es für uns herrichten lassen würde. »Fünftausend Euro sind erst mal genug«, meinte sie da. Diese Frau war eine

Betrügerin. Als ich diese Dinge nach und nach erfuhr, wuchs meine Wut auf sie immer weiter. Sie wollte das Obergeschoss für uns renovieren, damit meine Geschwister und ich gut in diesem Haus leben konnten. Wow! Die Fragezeichen in meinem Kopf lösten sich eine nach dem anderen auf. Diese unehrliche Frau gehörte zu den Racheaktionen, die ich noch durchführen wollte. Meine Rache würde dieses Mal sehr schlimm ausfallen.

Als der Anwalt zu uns gekommen war, wollte er die Wahrheit über die Angelegenheit von mir erfahren. Er hatte einen Aufnahmeassistenten auf den Tisch gestellt, um die Aussage aufzuzeichnen. Dieser Assistent war mir überhaupt nicht fremd, ein Gerät, das ich ständig benutzte, wann immer ich konnte.

»Sie können in Deutschland eine Klage einreichen und ich werde mich von hier aus um Ihren Fall kümmern«, schlug der Anwalt vor. Das war bereits meine Absicht gewesen.

»Ich werde Ihnen die Ergebnisse und Entwicklungen in diesem Fall übermitteln. Wenn ich sie ins Deutsche übersetze, haben Sie einen gut ausgearbeiteten Fall mit hervorragenden Beweisen«, schlug der Anwalt vor. Natürlich hatte ich sofort zugesagt. Warum nicht?

Die Hintergründe wurden Tag für Tag gelöst. Das gab mir natürlich ein gutes Gefühl der Erleichterung. Das Absurde daran war, dass mein Bruder ihr immer noch monatlich sechshundert Euro schickte. *Würden Sie über diese Situation lachen oder weinen?* Darüber war ich auch überrascht! Mein Bruder hatte mir auch gesagt, dass Briefe von der Staatsanwaltschaft gekommen waren, die er in einen anderen Umschlag gesteckt hatte, ohne sie zu öffnen. Danach hatte er sie an die Adresse meiner Tante in Deutschland geschickt, damit sie mich erreichen würden. Meine Tante hatte mir jedoch nie von meinen Briefen oder seinen Anrufen erzählt. Ich hatte also überhaupt keine Informationen.

Den Samstag hatten wir so verbracht, es war 8:00 Uhr abends.

Nachdem Nihat alle Akten in sein Arbeitszimmer zurückgebracht hatte, sagte er zu mir: »Yasemin, ich wusste wirklich nicht, was vor sich ging, sonst hätte ich früher eingegriffen. Bitte verzeih mir.« Seine Worte bedeuteten mir sehr viel.

Wie ich bereits mehrfach zum Ausdruck gebracht hatte, hegte ich keinen Zorn oder Groll gegen meinen Bruder. Eine Zeit lang war ich beleidigt, aber als ich sah, dass er auch ein Opfer war, wollte ich ihm wirklich helfen. Aufgrund der gestörten Kommunikation waren einige unnötige Missverständnisse entstanden. Das wollten wir in Gesprächen klären.

Mein Bruder und ich hatten uns den Kräutertee unseres Onkels Osman gekocht. Danach hatten wir mit einer Decke und heißem Tee auf der Terrasse gesessen und unterhielten uns angeregt und tiefgründig. Als er merkte, dass ich kein kleines Mädchen mehr war, vertraute er mir bei diesem Gespräch viel an. Mit anderen Worten, auch für meinen Bruder war es nicht einfach gewesen. Auch wenn ich meinem Bruder sicher nicht böse war für das, was passiert war, das war klar, wurde er von Schuldgefühlen geplagt.

Auch wenn wir in verschiedene Themen vertieft waren, machte er gelegentlich Aussagen wie: »Hätte ich das gewusst, hätte ich etwas unternommen!« Das Thema war jedoch abgeschlossen, und wir hatten uns bereits mit anderen Fragen befasst.

Es musste etwas passieren und es passierte etwas. Da wir das, was geschehen war, nicht wiedergutmachen konnten, konnten wir auch die Vergangenheit nicht zurückholen. Von nun an wollten wir nur noch gesündere Entscheidungen über unsere Zukunft treffen und vorsichtiger sein, damit wir nicht wieder in solche Situationen gerieten. Das war alles!

Während dieses intensiven Gesprächs war es bereits 9:30 Uhr abends geworden. Meine liebsten hatten sich immer noch nicht gemeldet. Mein Bruder rief Onkel Osman an. »Wir sind auf dem Weg, mein Sohn, wir werden bald zu Hause sein«, sagte er.

Es war eine große Erleichterung für mich, dass mein Bruder und ich diese Probleme ohne Zeitverlust lösen und regeln konnten. Mein Seelenfrieden wurde von Tag zu Tag größer, da die Verbrecher bestraft werden würden.

Mein Bruder sprach auch ein anderes ernstes Thema an.

»Was will Suat studieren? Wann wird er die Schule beenden? Wann wird er sein Studium beginnen? Was gedenkt er zu tun?«

Dieselben Fragen hatte ich mir auch gestellt, dann hatten wir alle Themen einzeln besprochen, bis ins kleinste Detail. Mein Bruder, genau wie mein Vater, der verstorbene Herr Hikmet, hatte damals zu meinem Bruder gesagt:

»Komm, mein Sohn, übernimm deinen Posten in der Holding.«

Dieses Mal wandte mein Bruder diese Einstellung auf mich an. Er hatte auch gute Ideen für die Zukunft von Kiraz vorgelegt.

Daraufhin hatte ich erwidert: »Ich danke dir für deine guten Gedanken, natürlich auch für deine gesunden Ideen. Allerdings ist es etwas schwierig, das zu realisieren, was du jetzt sagst. Mein Bruder Suat ist im Vorstudienjahr, er hat noch nicht mit dem Studium begonnen. Kiraz hingegen geht noch zur Schule. Obwohl ich vierundzwanzig Jahre alt bin, befinde ich mich in den letzten Monaten meiner Berufsausbildung. Meine dreijährige Berufsausbildung ist bald zu ende. Damit wir mit beiden Beinen fest auf dem Boden bleiben und erfolgreicher werden, brauchen wir drei oder vier Jahre, um diese schönen Gedanken, die du erwähnt hast, zu verwirklichen.«

Auch für uns war es nicht einfach gewesen, denn ich war damals minderjährig, als wir nach Deutschland gegangen waren. *Wie konnte ich da eingreifen, wie konnte ich aus dieser Situation herauskommen?* Das konnte ich nicht.

Es hatte lange gedauert, bis wir aus dieser schikanösen Situation herausgekommen waren. Jetzt hatten wir eine neue Ordnung, ein neues Leben für uns geschaffen. Wir hatten alles komplett erneuert. Eine neue Stadt, ein neuer Arbeitsplatz, alles, was man sich vorstellen konnte, war neu für uns. Zunächst einmal mussten wir eine Reihenfolge festlegen. Wir mussten uns erholen, und wir kamen bei der Schaffung dieser Ordnung gut voran. Wir hatten jetzt ein ordentliches und organisiertes Leben, welches wir damals nicht hatten.

Wir hatten zwar alles auf eine schöne Art und Weise, wenn auch mit Schwierigkeiten begonnen, aber es war nicht möglich, diese arbeitsintensive Phase auf halbem Wege abzubrechen und wegzugehen. Wir mussten bis zum Ende durchhalten und hatten nicht die Absicht, unsere Ziele auf halbem Weg aufzugeben. Das war der Kern der Sache.

Onkel Osman, Tante Meral, der Fahrer und meine Geschwister kamen um 9:50 Uhr nach Hause. Sie alle hatten ein Lächeln auf ihren Gesichtern. Sie kehrten mit den Händen voller Taschen nach Hause zurück. Auch sie nahmen mit Freude neben uns auf der Terrasse Platz. Obwohl es April war, war der Abend nicht kühl und kalt, aber für alle Fälle saßen wir immer noch in dieser gemütlichen Familienatmosphäre, zugedeckt unter unseren Decken.

Obwohl Tante Meral müde war, stand sie auf, um Snacks zuzubereiten. Mit einem Lächeln ging sie in die Küche. »Wir haben also eine lange Nacht«, lachte ich und ich stand auf, um zu helfen. An diesem Abend hatten wir die Nacht bis 02:45 Uhr mit schönen und tiefen Gesprächen hinter uns gebracht. Wir feierten den Geburtstag von Kiraz, als die Uhr 00:00 Uhr schlug.

Ich war glücklich!

Am Sonntag nach dem Frühstück hatten wir die Gräber meiner verstorbenen Mutter Filiz und meines verstorbenen Vaters Hikmet Bey besucht. Es war sehr traurig gewesen, wir hatten unsere Gebete an ihren Gräbern gesprochen.   Nachdem wir ihre Blumen gegossen hatten, waren wir wieder nach Hause zurückgefahren. Wenn die Zeit gekommen war, würden wir auch auf dem Familienfriedhof begraben werden. Dann würden wir alle Seite an Seite sein. Mein Onkel Osman bestand darauf: »Ich werde mich mit meinen eigenen Händen um ihre Gräber kümmern, ich werde sie säubern, ich werde sie pflegen.« Deshalb hatten sie auch keinen anderen beauftragt. Möge Gott mit meinem Onkel Osman zufrieden sein. Ein Mann voller Mitgefühl, ein Mann mit dem Herzen eines Vaters!

Als ich vor ein paar Monaten in der Türkei war, hatte ich nie erwähnt, dass ich ihre Gräber besucht hatte. Als das Thema aufkam, kam es wieder zur Sprache.

Am Montagmorgen hatte mir mein Bruder mitgeteilt, dass er Suat und Kiraz in die Holding mitnehmen wollte. Ich hatte einen Termin bei meiner Anwältin, die den Spitznamen blutige Nigar trug. Nach meiner Verabredung wollte ich zur Holding fahren, ohne vorher zu Hause anzuhalten, und nach dem gemeinsamen Mittagessen erst heimfahren, was ich dann auch tat. Der Anwalt meines Bruders hatte mir eine Kopie der Strafanzeige bei der Staatsanwaltschaft als Beweismittel übergeben, als ich die Holding besucht hatte. Sie enthielt alle erforderlichen Beweise. Dieser Nachweis würde mir in Deutschland genügen. Sobald ich zurückkehren würde, würde ich mich mit diesem Thema befassen.

Meine Geschwister waren mit ihrer Situation recht zufrieden. Dies hatte mich glücklich gemacht.

Meine Anwältin Nigar und ich hatten uns eingehend mit meiner Stiefmutter befasst, deren Strafe aus anderen Gründen erhöht wurde. Sie befand sich derzeit im Gefängnis und verbüßte ihre Strafe. Über meine Anwältin hatte ich die Absicht, ihr keinen einzigen Cent aus dem Erbe unseres Vaters zukommen zu lassen. Wir hatten ein Grundstück, ein Haus aus Lehm und Felder in unserem Dorf, aber ich hatte wirklich nicht die Absicht, sie auch nur ein bisschen davon riechen zu lassen, wegen dieser Ungerechtigkeit, die sie meinen Geschwistern und mir angetan hatte. Jedoch wollte ich das Geld auch nicht. Auf keinen Fall! Wir wollten es spenden, sobald wir es bekamen.

Da ich wusste, dass diese Strafe noch härter für sie sein würde als das Gefängnis, in dem sie jetzt saß, würde es wie eine Ohrfeige an ihr haften bleiben. Einmal hatte sie versucht, das Haus und die Felder zu verkaufen, aber da sie nicht alleine erbberechtigt war, konnte sie ihren hässlichen Plan nicht verwirklichen. Auch wenn ich keinen Kontakt hatte, wusste ich alles sehr gut.

Meine Anwältin hatte im Namen meiner Stiefmutter ein Schreiben verfasst, in dem sie erklärte, dass sie mit ihrem Einverständnis nichts von der Erbschaft verlangte, und ließ sie es im Gefängnis eigenhändig unterschreiben. Nur meine Anwältin hätte das tun können. Alles, was unser Vater und unsere Mutter hinterlassen hatten, ging nun auf den Namen meiner Geschwister und mich über. Aber während meiner Reise in die Türkei hatte ich keine Zeit, mich mit Erbschaftsangelegenheiten zu befassen.

Mein Bruder und meine Schwester kamen gegen 14:00 Uhr nachmittags nach Hause.

Das hatte mich sehr glücklich gemacht. Wir hatten Zeit gewonnen, um ein wenig mehr zu reden, aber diese paar Tage waren definitiv nicht genug. Mein Bruder war emotionaler als ich dachte. Er war voller Redebedarf mehr als ich. Ich war Zeuge dessen, was ich mit Erstaunen sah und erlebte. Einige Ereignisse waren nicht so, wie wir dachten. Es war eine beruhigende Situation.

So erzählte ich meinem Bruder auch von meinem Termin mit meiner Anwältin. Da bot er an: »Ich kann mich auch um den Verkauf kümmern, wir haben viele Leute, solange du es willst.« Von nun an war mein Bruder unser Unterstützer. Nein, nein, ich hatte diesen Satz etwas falsch formuliert. Mein Bruder war immer unser Unterstützer, aber das wurde von einigen Leuten vertuscht. Ich wollte mich selbst um diese Vertuschungen kümmern. Dieses Mal sollte meine Rache schmutzig sein.

Mein Abschied von allen war aufrichtig, herzlich, und liebevoll gewesen. Die Landung am Flughafen in Deutschland stand unmittelbar davor. Das Flugzeug bereitete sich auf die Landung vor, die Stewardessen gingen zu ihren Aufgaben über, um zu kontrollieren, ob die Gurte angelegt wurden und jeder Passagier auf seinem Platz saß.

Auch wenn der Besuch kurz war, war es sehr schön gewesen. Die Entwicklung und Verwirklichung einiger Ereignisse, mit denen ich nie gerechnet hatte, hellten diese Situation weiter auf. Mit einem Lächeln auf den Lippen kehrte ich in mein Haus zurück, ich war fröhlich, aufrecht, friedlich und glücklich.

Der Geschmack der Rache;
Es wird köstlich sein mit der schönsten Gerechtigkeit.

KAPITEL 19

Wieder zu Hause!

Es war das erste Mal, dass ich zu Hause ohne meine Geschwister war, denn bis heute hatten sie noch nie woanders geschlafen, nicht einmal für eine Nacht. Ich selbst hatte meine Geschwister nur ein einziges Mal für eine Nacht allein gelassen, als ich auf Arbeitssuche gegangen war.

Morgen war ein weiterer Arbeitstag, daher wollte ich mich heute nicht noch mehr anstrengen. Ich packte nur meinen Koffer aus und wusch schnell die Sachen in der Waschmaschine. Das Innere des Hauses war sauber, ich brauchte nichts zu tun.

Im Wohnzimmer saß ich vor meinem Computer und suchte im Internet nach einem türkischstämmigen Anwalt in meiner Nähe. Von nun an würde ich meine Fälle von dort aus bearbeiten können. Auf mehreren Anwaltslisten fanden sich türkischstämmige Anwälte.

Am Dienstagmorgen, bevor ich zur Arbeit ging, wollte ich die Nummern, die ich mir von mehreren Anwälten aufgeschrieben hatte, abtelefonieren, denn es hatte keinen Sinn, die Sache in die Länge zu ziehen.

Wieder dachte ich an meine Tante, bei der ich zwei Jahre lang in Deutschland gelebt hatte. Ich hatte sie von einer geheimen Nummer aus angerufen und wir hatten fast eineinhalb Stunden telefoniert. Auch sie machte eine außergewöhnliche Entwicklung durch, denn sie war gerade dabei, sich von ihrem Mann zu trennen. Als ihre Probleme von Tag zu Tag größer wurden und sich in ihr das Gefühl «Genug ist genug» breitgemacht hatte, bereitete sie sich auf die Trennung vor. Elf Monate lang hatte sie ununterbrochen im Krankenhaus gelegen. Mein Schwager war, wie Sie sich erinnern, Lkw-Fahrer. Wenn er arbeiten war, war er zwischen zwei und sieben Tagen unterwegs. Wenn er zu Hause war, blieb er jedes Mal drei bis sieben Tage.

Eines Tages, als er wieder zu Hause war, spritzte er während eines Streits mit meiner Tante das heiße Öl aus der Pfanne, die auf dem Herd gestanden hatte, in ihr Gesicht. Vom Gesicht über den Hals bis fast zu den Schultern wurde sie verbrannt.

Diese Narben von den Brandwunden blieben bis zu ihrem Tod. Ihre Behandlungen waren immer noch nicht abgeschlossen. Sie hatte kleine und große Operationen überlebt. Ich konnte nicht glauben, was ich da hörte. Wie konnten sich Menschen gegenseitig so quälen? Darüber war ich erstaunt. Mit meiner Tante hatte ich nie Probleme. Auf jeden Fall … Mein Schwager war wegen dieser Straftat im Gefängnis.

Er war ein Psychopath, er hatte keine gesunde Seele. Das hatte ich immer gesagt, als wir bei ihnen gewohnt hatten. Nach den schlechten Nachrichten, die ich gehört hatte, wollte ich meine Tante so schnell wie möglich sehen, um bei ihr zu sein und sie in dieser schweren Zeit zu unterstützen. So lud ich meine Tante zu uns nach Hause ein. Sie hatte niemanden außer uns. Sie war auf sich allein gestellt und hatte nach diesem tragischen Vorfall mit Hilfe des Staates die Möglichkeit, aus dem Haus, in dem sie lebte, auszuziehen. Während sie im

Krankenhaus lag, organisierten die Mitarbeiterinnen des Frauenhauses diesen Besuch.

Das ist es, was mir in Deutschland am besten gefiel, denn «MENSCHENRECHTE!» kamen zuerst. Nach dieser schrecklichen Situation erhielt meine Tante moralische Unterstützung von einigen staatlich organisierten Beamten. Sie begleiteten sie zum Einkaufen und brachten sie zu Terminen. Als ich erfuhr, dass meine Tante nun ein hilfebedürftiger Mensch war, tat mein Herz noch mehr weh.

Seit dem Tag an dem wir ihr Haus verließen, wusste meine Tante nicht, wo wir wohnten. Sie hatte keine Kontaktdaten von mir. Es war also unmöglich, mit mir in Kontakt zu treten! Zum ersten Mal hatte ich ihr unsere Adresse und meine Telefonnummer gegeben. Wäre die Situation nicht so gewesen, hätte ich sie vielleicht nicht gegeben. Wir hatten unser Telefongespräch am Abend mit den Worten beendet: »Wir bleiben in Kontakt.«

Über ihre Situation war ich sehr traurig! Ich war untröstlich ...

Ein paar Tage später erhielt ich einen Anruf von meiner Tante.

»Meine Liebe, ich habe mit meinen Helfern gesprochen, sie sagten, sie könnten mich zu dir bringen. Sie waren froh, dass ich nicht mehr allein bin, dass sich eine Verwandte gemeldet hatte. Es ist mir sehr peinlich, du weißt, dass ich nicht gerne bedürftig bin, aber was soll ich machen, was kann ich tun? Welcher Tag passt dir, mein schönes Mädchen?«, fragte sie mich.

»Vergeuden wir keine Zeit mehr, ich denke, wir sollten so bald wie möglich mit deinen Helfern sprechen, um sie zu bitten, dich so schnell wie möglich hierher zu bringen«, bot ich an. »Ich melde mich bei dir, wenn sie mir ein Datum genannt haben«, sagte sie verlegen. Wir verabschiedeten uns und legten dann den Hörer auf.

Noch bevor eine halbe Stunde vergangen war, erhielt ich einen weiteren Telefonanruf. Diesmal sagte meine Tante: »Ich hoffe, dass wir morgen, meine Tochter, gegen 14:00 Uhr nachmittags aufbrechen werden. So denke ich, werden wir zwischen halb acht und acht Uhr abends bei dir ankommen.«

Darüber war ich sehr froh, dass es so schnell ging. Wie auch immer, meine Arbeitszeiten gingen ungefähr bis zu dieser Zeit.

Die Aufregung war auf dem Höhepunkt ... Meine Schicht war vorbei, meine Tante war angekommen, sie stand schon vor der Tür! So hatte ich es eilig, meinen Arbeitsplatz zu verlassen. Er lag nicht weit von unserem Haus entfernt. Circa eine Viertelstunde war ich unterwegs, ich wollte so schnell wie möglich nach Hause eilen. Die Leute, die meine Tante gebracht hatten, warteten ebenfalls.

Aber ich ahnte nicht, was für ein Bild ich vorfinden würde. Das neue Aussehen meiner Tante hätte ich nicht erraten können, es war nichts im Vergleich zu dem, was ich vermutet hatte. Ich war schockiert, ihre Gestalt und alles andere hatte sich verändert. Wenn ich sie draußen sehen würde, würde ich sie definitiv nicht wiedererkennen, sie war überhaupt nicht mehr wie früher. Inständig hoffte ich, dass er für dieses mörderische und verräterische Verhalten die härteste Strafe im Gefängnis erleiden würde. Sie haben meinen Schwager zu dreiundzwanzig Jahren Gefängnis verurteilt. Nach der aufregenden und hektischen Begrüßung und Umarmung vor der Tür lud ich sie alle nach oben ins Haus ein. Am Vortag hatte ich nach der Arbeit mit den Vorbereitungen begonnen und am Morgen den Rest der Vorbereitungen abgeschlossen. Das Essen war natürlich fertig, es musste nur noch erwärmt werden. Nachdem die Helfer ihre Bedürfnisse befriedigt und eine Tasse Kaffee getrunken hatten, machten sie sich wieder auf den Weg. Wir verabschiedeten uns, nachdem wir gesagt hatten, dass wir den Tag der Rückkehr meiner Tante telefonisch mitteilen würden.

Ich konnte nicht glauben, was ich sah. Meine Tante war in einem schrecklichen Zustand. Ihre Verbrennungen reichten bis zur Brust. Die verbrannte Haut war unglaublich mit Narben und Löchern übersäht. Sie hatte keine Nasen mehr. Es waren nur noch Hohlräume bis hinunter zum Knochen vorhanden. Oh mein Gott, es war so schlimm. Er hatte meine Tante misshandelt. Durch die kleinen und großen Operationen, denen sie sich unterziehen musste, wurde sie so wie jetzt wieder hergestellt, aber noch dieser Zustand war sehr beängstigend und schrecklich.

Am Küchentisch begann meine Tante mir die schrecklichen Ereignisse dieses Tages wie folgt zu erzählen: »Dein Schwager kam nach einer viertägigen Arbeit nach Hause. Das Erste, was er tat, war ins Bad zu gehen, dann gab es Essen,

Tee und so weiter. Die übliche Routine, wenn er nach Hause kam. Während er in der Badewanne sich erholte, bereitete ich das restliche Essen vor. Er rief ein paar Mal nach mir, aber ich hörte seine Rufe nicht. Die Tür zur Küche war geschlossen, denn ich arbeitete am Herd. Die Geräusche vom Wasser und vom Braten waren zu laut gewesen. Das Fenster stand offen, auch die Geräusche von draußen drangen in die Wohnung. So sehr er auch rief, er konnte nicht gehört werden.

Außerdem hatte er nie die Angewohnheit, vom Bad aus zu rufen. Normalerweise ging er rein, dann kam er wieder raus.

»Du bist mir nicht hörig?«, fing er an zu schreien, eher schon zu kreischen, sobald er die Küche betreten hatte. Wie konnte ich den Herrn nicht hören? Sobald er das Nudelholz in der Hand hielt, schlug er zuerst schnell auf meine Beine ein.

Meine Hilfeschreie waren vergeblich - tu es nicht, schlag mich nicht, ich habe es nicht gehört. Er schlug mich immer noch gnadenlos und wütend mit dem dünnen und langen Nudelholz, bis ich auf die Knie fiel. Während ich auf den Knien lag, begann er auch mit dem Nudelholz auf meine Arme und meinen Kopf zu schlagen. Verzweifelt versuchte ich, das Nudelholz mit den Händen zu halten, um mich zu schützen, aber er riss mir das Nudelholz gewaltsam aus den Händen und schlug mir ein- oder zweimal mit der Faust ins Gesicht, während ich noch auf den Knien war, dabei zog er mich an den Haaren zurück.

Dann unfähig seine Wut zu zügeln, nahm er die Pfanne mit dem heißen Öl vom Herd, welches er mir ins Gesicht schüttete. Ein Sekundenbruchteil, ja ... Ein Sekundenbruchteil, der mich zu dem gemacht hat, was ich heute bin. Was danach geschah, war bereits erledigt. Meine Schreie und Jammerrufe waren nutzlos. Die Nachbarn, die die Polizei gerufen hatten, retteten mich aus dieser schrecklichen und gewalttätigen Situation, dann kam der Krankenwagen, Operationen und Behandlungen folgten. Heute bin ich hier, meine Kleine.«

Als ich dies von meiner Tante im Detail hörte, kamen mir die folgenden Worte unseres Propheten in den Sinn:

«DERJENIGE DER SCHMERZEN HAT, SOLL GEDULDIG SEIN. DERJENIGE DER SCHMERZEN ZUFÜHRT, SOLL AUF DEN TAG WARTEN, AN DEM ER VERLETZT WIRD.»

Prophet Muhammad SAW

Es war so traurig, ich war sehr verwirrt. Was ich gehört hatte, war wie aus einem Kinofilm. Meine Tante brauchte von nun an viel Liebe, Fürsorge und Verständnis. Wir alle brauchten sie zu jeder Zeit und in jeder Situation, aber diese Situation war anders als andere Situationen.

Weil ich Angst vor meinem Schwager hatte, konnte ich meine Tante nicht oft anrufen. Als ich das letzte Mal angerufen hatte, war mein Schwager ans Telefon gegangen, da hatte ich schnell aufgelegt. Dieser Tag war mein letzter Anruf bis Sonntag. Aber ich war froh, dass ich doch noch mal angerufen hatte!

Wir hatten uns bis halb eins nachts intensiv unterhalten. Nachdem ich meiner Tante einen Schlafplatz hergerichtet hatte, war ich müde ins Bett gefallen, konnte aber nicht gleich einschlafen, denn mir gingen tausend verschiedene Dinge durch den Kopf. Ein Beispiel: Ich wollte, dass meine Tante von nun an bei uns wohnte, aber bevor ich diese Idee mit meiner Tante besprechen konnte, musste ich die Meinung meiner Geschwister einholen, denn ich war der Meinung, dass ich nicht befugt war, ohne ihr Wissen und ihre Zustimmung allein eine so große Entscheidung zu treffen. Die Situation war sehr ernst. Als die Uhr zwei Uhr nachts schlug, schloss ich die Augen und schlief endlich ein.

Die Nacht war schlaflos. Sobald ich aufwachte, begann ich mit meinen Vorbereitungen, um zur Arbeit zu gehen. In Eile verließ ich das Haus, nachdem ich Kleidung, Haare und Make-up angelegt hatte. Meine Tante schlief noch.

In der Mittagspause rief ich meine Geschwister an und besprach mit ihnen in aller Ruhe die Situation.

Als Suat die schlimme Geschichte hörte, sagte er sofort: »Tantchen soll von nun an bei uns bleiben, Schwester.« Er machte einen positiven Eindruck. Schnell erklärte ich:

»Ich wollte mit euch über diese Dinge sprechen, um auch eure Meinung zu erfahren.«

So wollte ich mit meiner Tante über meinen Plan sprechen, dem wir alle zugestimmt hatten. Nach meiner Schicht an diesem Abend wollte ich ihr beim Abendessen diesen Entschluss und unsere Idee erklären. Sie sollte nicht mehr allein und einsam sein.

Wir waren gerade erst eingezogen, wir mussten alles und überall von Grund auf neu lernen. Wir konnten alles gemeinsam machen. Solange der Wille da war, konnte alles überwunden werden. Als ich nach meiner Schicht nach Hause kam, hatte meine Tante gekocht und den Tisch gedeckt. Um ehrlich zu sein, war ich das überhaupt nicht gewöhnt, ich meinte, wegen meiner Geschwister, ja, aber meine Tante bei uns zu haben war anders. Das war ein schönes Gefühl. Sofort ging ich auf sie zu und umarmte sie vorsichtig, denn ihre Wunden waren noch nicht ganz verheilt. Mir tat das Herz weh, als ich sie in diesem Zustand sah.

Das war eine tiefe Wunde, die nicht heilen wird!

Um die von der Arbeit übrig gebliebenen Haare und Flusen loszuwerden, musste ich zuerst in das Badezimmer gehen und mich frisch machen, bevor ich mich an den Tisch setzte. Nach der Arbeit machte ich es immer so. Nach fast zwanzig Minuten war ich wieder in der Küche. »Danke, für alles«, sagte ich zu meiner Tante, dann setzten wir uns an den Tisch. Während wir aßen, erzählte ich ihr ungeduldig von unserer Entscheidung.

Sehr verwirrt fragte meine Tante: »Aber ... Aber wie kann das sein?«

»Wir können alles überwinden, solange es einen Willen gibt«, antwortete ich ihr.

Jedoch meinte sie: »Was ist mit meinen Behandlungen?«

»Tantchen«, erwiderte ich, als wollte ich ihre Befürchtungen zerstreuen ... »Das ist eine große Stadt in der Stadt,   in der wir früher gelebt haben, hat man vielleicht das Problem des Ärztemangels gehabt, aber hier gibt es dieses Problem nicht. Hier stehen dir alle Spezialisten zur Verfügung. Du musst nur darum bitten.«

Aber zuerst wollte sie mit den Helfern sprechen, die der Staat meiner Tante für diesen Zeitraum zur Seite gestellt hatte. Vor allem wollte sie darüber nachdenken, aber sie war nicht negativ. Sie sah verlegen aus. Unser Haus war geräumig, selbst wenn wir keins gehabt hätten, hätten wir noch einen Platz gefunden. Das konnte nicht das Problem gewesen sein.

Meine Tante blieb eine Woche lang bei uns. Meine Geschwister würden erst in drei Tagen nach Deutschland zurückkehren, sodass sie sich nicht trafen. Ihr Urlaub war fast vorbei. Ständig schickten sie mir Bilder.

Das Ergebnis meiner Suche nach einem türkischstämmigen Anwalt hatte ich nicht erwähnt. Innerhalb einer Woche konnte ich einen Termin mit einem Anwalt vereinbaren. Bei dem Termin hatte ich dem Anwalt alle Beweise und Belege über meine

Tante mütterlicherseits vorgelegt. Ich hatte alles bis ins kleinste Detail erklärt, so vollständig wie möglich. Unser erster Termin dauerte fast zwei Stunden. Der Anwalt sagte mir, dass ich nicht nur wegen Betrugs, sondern auch wegen vieler anderer Dinge klagen könnte.

Er erwähnte einige Paragrafen zu den Menschenrechten. Dazu wies er darauf hin, dass es verschiedene Strafen gab, wenn man gezwungen wird, unmenschlich im Keller zu leben. Abgesehen von den finanziellen Klagen, die ich einreichen würde, deutete er an, dass diese anderen Probleme zu einer Haftstrafe führen könnten.

»Gut, dann lassen Sie uns unsere Klage ohne Unterbrechung einreichen«, sagte ich zu meinem Anwalt, während ich meine Vollmacht unterschrieb. Als der Anwalt die finanziellen Aspekte berechnete, blickte er auf und sagte: »Das ist eine gute Idee.

Nun, es ist Zeit für Gerechtigkeit, mal sehen, wie man einhundertzweiundsechzigtausendachthundertfünfzig Euro auf dem Rücken von Halb- und Vollwaisenkindern vertilgen kann«.

Der Anwalt hatte Haare auf den Zähnen ... *Wir würden noch viele weitere Kooperationen mit diesem Anwalt haben,* sagte ich in diesem Moment in meinem Herzen. Möge Gott ihn segnen. Nachdem wir uns die Hände geschüttelt hatten und ich mich verabschiedet hatte, machte ich mich erhobenen Hauptes auf den Weg zu meinem Arbeitsplatz.

An diesem Tag teilte der Anwalt meiner Tante mit, dass er das Schreiben vorbereiten und gleichzeitig die anderen Straftaten bei der Staatsanwaltschaft anzeigen würde. Von nun an hieß es nur noch warten. Ich wollte mich an ihnen allen rächen, auf die eine oder andere Weise!

Während meine andere Tante noch bei uns wohnte, schickte mir mein Anwalt Kopien der Briefe, die er an die Staatsanwaltschaft geschickt hatte. »Wow, gut gemacht! Wie gut er es ausgedrückt hat«, sagte ich, nachdem ich sie gelesen hatte, dann legte ich die Schreiben zu meinen Akten.

Über diese Angelegenheit wollte ich meiner Tante nichts erzählen. Ich wollte sie nicht mit diesen Dingen belästigen, da sie bereits mit ihren eigenen Problemen zu kämpfen hatte. Alles hatte seine Zeit und seinen Platz. Eines Tages würde sie es von mir erfahren, aber jetzt war nicht die Zeit dafür.

Die Entwicklungen waren außergewöhnlich. Nachdem meine Tante abgereist war, rief ich meinen Bruder Nihat an und informierte ihn über das Treffen mit dem Anwalt. Er war sehr erfreut über diese Nachricht. »Gerechtigkeit muss sein, so Gott will«, sagte er. Weder mein Bruder Nihat in der Türkei noch ich in Deutschland wollten diese Fälle aufgeben. In der Einheit lag Stärke und Macht.

Der Gerechtigkeit wird definitiv Genüge getan.

KAPITEL 20

Die nächsten drei Tage war ich noch allein zu Hause.

In der Zwischenzeit würde ich meine Aufnahmen ohne Unterbrechung fortsetzen können. Es war längst an der Zeit, meine Aufmerksamkeit auf die Prüfungen meines Berufs zu richten. Ich musste die Prüfung schaffen, denn ich wollte sie nicht Wiederholung müssen. Um zu bestehen, musste ich für meine Prüfung lernen. Ich musste stark und bereit sein, sowohl für die theoretische als auch für die praktische Prüfung. Der Rest der Probleme sollte erst nach der Prüfung in den Vordergrund treten. Es waren noch drei Monate bis zur Prüfung.

Vor unserem Urlaub in der Türkei hatte ich erwähnt, dass meine Arbeitgeberin mich für den GOLDENEN-SCHERE-Wettbewerb angemeldet hatte, der in zweieinhalb Wochen stattfand. Da musste ich mich sehr bemühen. Es war ein schönes Gefühl, bei meiner ersten Teilnahme am Wettbewerb den zweiten Platz errungen zu haben. Ich fühlte mich geehrt. Es war spannend und es hatte eine persönliche Entwicklung gegeben. Besonders für mein Selbstvertrauen, denn in meinen Augen war es ein Erfolg.

NEIN, NEIN ... Es ging nicht um Arroganz!

Mit Bescheidenheit werden Sie noch lernfreudiger sein! Doch bevor ich weiter abschweifte, wollte ich sagen, dass der Wettbewerb zur falschen Zeit kam. Wir hatten die meisten Dinge überwunden, ich würde auch dies überwinden, so Gott wollte.

In letzter Zeit hatte sich alles ein wenig zu schnell entwickelt. In diesem Tempo musste ich bis zu den Prüfungen weitermachen. Ich hoffte, dass ich nach den Prüfungen ein paar ruhige und stressfreie Tage haben werde.

Die Zeit verging schnell. Zum Glück war ich wieder mit meinen Geschwistern zusammen!

Mit einem Taxi hatte ich sie vom Flughafen abgeholt. Sie kamen mit vollen Koffern zurück und sie waren braun gebrannt. Als ich die beiden so sah, wollte ich sie beißen. Meine Geschwister hatte ich sehr vermisst. Jetzt waren sie beide im Bett, ich saß in meinem Zimmer. Meine Geschwister waren alles für mich, möge Gott sie mir niemals entreißen. Ich wusste nicht, was ich dann tun sollte, wenn sie weg wären! Wenn beide zu Hause waren, hatte ich unsere Mahlzeiten entsprechend zubereitet, so wie Kiraz dies und Suat jenes mochte. Wir hatten unsere Tage entsprechend geplant. Während ihrer Abwesenheit hatte ich mich selbst gefragt, was ich kochen sollte: »Also, was magst du?«

Leider konnte ich diese Frage nicht beantworten. Plötzlich erstarrte ich, während meine Gedanken an ganz anderen Orten waren, *wo steckten sie nur? Wohin war ich plötzlich mit meinen Gedanken geflogen?* Ich hatte mit meinen Gedanken die Segel gesetzt, in ein Leben, das ich nicht kannte, in MEIN EIGENES LEBEN, das ich nie gelebt hatte. Während ich mit meinen Gedanken in eine völlig andere Welt eintauchte, schlief ich auf meinem Bett ein. Meine Geschwister mussten am nächsten Tag wieder in die Schule gehen, ohne auch nur einen Tag zu Hause ausruhen zu können. Ihre Schulferien waren vorbei. Sie werden ein wenig müde sein, aber sie waren nicht mehr klein.

Egal, ich konnte sie trotzdem nicht entbehren!

Erneut hatte ich einen Brief vom Anwalt wegen meiner Tante bekommen! Aber ich stand unter Schock, es war unglaublich! Diese Frau war unehrlich, betrügerisch, korrupt, boshaft, alle nur erdenklichen schlechten Angewohnheiten und Verhaltensweisen waren in dieser Frau vorhanden. Man konnte sie auch Fuchs nennen. *Was würde passieren?* Ich war so angespannt, ich musste mich zusammenreißen! Sie sollte Rechenschaft vor meinem Herrn ablegen, ich wünschte ihr Liebe zu Gott und tiefen Glauben. Man konnte alles leugnen, aber nicht in diesem Ausmaß und nicht vor Gott!

Der Gerechtigkeit wird Genüge getan werden, sagte ich zuversichtlich und nachdrücklich. Der Gerechtigkeit wird Genüge getan werden, daran durfte niemand zweifeln.

Am Tag nach diesem Schreiben wurde von der Staatsanwaltschaft ein Haftbefehl gegen meine Tante erlassen, und entsprechend der Strafanzeige, die ich über meinen Anwalt erstattet hatte, musste sie vor einem Richter erscheinen. Diese Nachricht hatte mich schwer getroffen, ich hätte nie erwartet, dass es so schnell ging. Die ganze Zeit musste ich schlucken. Mit dem Brief in der Hand lief ich von einer Seite zur anderen und war wie betäubt!

Genau einen Tag später erhielt ich auch einen Brief von der Staatsanwaltschaft. »Gott, was ist das? Ich hoffe, es ist etwas Gutes«, sagte ich. Es war ein Termin, eine Einladung bei der Staatsanwaltschaft der Stadt, in der ich damals wohnte. Dort sollte ich meine Aussage machen. Jetzt musste ich vor dem Richter über diese albtraumhaften Tage sprechen. Aber ich möchte mich nicht mehr an diese Tage erinnern. Ich war so betroffen, dass ich ein Mensch geworden war, der Angst vor der Dunkelheit hatte. Es waren wirklich drei furchtbare Jahre gewesen. Das war wie in einem Horrorfilm. Das wissen nur diejenigen, die wie Ratten in Kellern leben.

Als ich mich wieder an diese Tage zurückerinnerte, kam mir dies in den Sinn: Stellen sie sich Motoröl vor. In so einer flüssigen, öligen Substanz lebten wir im Dreck. Die meisten Wände waren mit diesem schwarzen Öl beschmiert. Da es meistens dunkel im Keller war, mussten wir uns an diesen öligen Wänden vorantasten, da wir nichts sehen konnten. Auch gab es Rost und anderen Dreck, es war ein Kohlenkeller, in dem wir gewohnt hatten. Es gab noch eine andere Tür im Korridor, die nur leicht angelehnt war; aber sie hatten sie mit Beton befestigt. Welcher Idiot das auch immer war! Hinter der Tür war vielleicht ein Meter Platz. Dort lagen viele Kabel.

Wenn es draußen hell geworden war, war ein wenig Licht ins Innere eingedrungen. Wenn wir die Kellertür, die zum Garten führte, öffneten, wurde es ein wenig heller. Ansonsten war es dunkel. *Und was taten wir, wenn es dunkel wurde?*

Ja, was hatten wir getan? Wir hatten eine Lampe, die den Korridor ein wenig beleuchtete. Das hieße, wenn wir Strom hatten. Es gab ein Stromkabel, das vom oberen Stockwerk aus verlegt wurde. Nach Lust und Laune steckten sie den Strom ein und aus. Nach Lust und Laune zogen sie es einfach aus der Steckdose, diese Frau, die ich meine Tante nannte, war grausam. Manchmal ging ich nach oben und fragte sie, ob sie das Stromkabel wieder in die Steckdose einstecken könnte, woraufhin sie mir eine pampige Antwort gab und mich wieder nach unten schickte, manchmal wegjagte sie mich sogar. Das war sehr ärgerlich.

Nach ein paar solchen Erfahrungen kaufte ich von meinem übrig gebliebenen Trinkgeld batteriebetriebene Lampen. Meine Geschwister konnten nicht ihre Hausaufgaben erledigen. Ich konnte nicht kochen, wir konnten nichts sehen, es war zu dunkel.

Besonders in den Wintertagen, oh mein Herr, oh mein schöner Herr des Allmächtigen, das waren schlimme Tage. Möge Gott mir beistehen, ich wollte diese Tage nie wieder geschehen lassen. Für niemanden! (Amen)

Sei kein Lebenstöter, sei ein Lebensretter.

KAPITEL 21

Wieder im Zug!

Endlich hatte ich meine vollständige Aussage in Anwesenheit des Richters bei der Staatsanwaltschaft hinter mir. Jetzt kehrte ich nach Hause zurück und fühle mich leichter, voller Frieden. Man konnte es gar nicht beschreiben, was für ein schönes Gefühl das war. Der Gerechtigkeit wird Genüge getan. Das war schon immer so und wird auch so bleiben.

Morgen war der GOLDENE-SCHERE-Wettbewerb. Ich war begeistert, wie schnell zweieinhalb Wochen vergangen waren, die Zeit verging wie im Flug.

Vor zwei Tagen hatte ich einen weiteren herzzerreißenden Vorfall. Es war Abendzeit gewesen. Meine beiden Geschwister waren in ihre Zimmer gegangen, um zu schlafen. Aber ich bereitete noch das Haar meines Modells für den Wettbewerb vor. Nach anderthalb Stunden war mein Modell gegangen. Anschließend hatte ich ein bisschen aufgeräumt.

Nachdem ich die Wäsche aus dem Trockner genommen und gefaltet hatte, ging ich nach oben, um die gefaltete Wäsche leise in das Wohnzimmer meiner Geschwister zu legen. Aus Kiraz› Zimmer hörte ich Geräusche, als würde sie weinen. Ja, Kiraz hatte in ihrem Zimmer geweint. Leise hatte ich mich der Tür genähert, das war eine meiner ungeliebten Angewohnheiten. Das war eine Missachtung der Privatsphäre, ich war auch sehr wütend auf mich, aber Kiraz war mein Mäuschen, als ich sie weinen gehört hatte, konnte ich nicht anders.

Ich kann keine einzige Träne von ihr entbehren. Plötzlich hörte ich Kiraz› leise schluchzen: »Mami, Mami, Mami.« In diesem Moment standen mir die Haare zu Berge, meine Augen waren blutunterlaufen. Schnell verließ ich leise das Zimmer, damit Kiraz mich nicht bemerkte und war wieder nach unten gegangen! Erneut ging ich anschließend mit einer weiteren Ladung Wäsche in den zweiten Stock, aber dieses Mal machte ich ganz bewusst Geräusche.

Während ich im Wohnzimmer die Wäsche meiner Geschwister sortierte, öffnete Kiraz vorsichtig die Tür. »Schwester!«, flüsterte sie. Sofort stand ich auf. »Schläfst du nicht, mein Mäuschen?«, fragte ich, dann umarmte ich sie herzlich. Ihr Kopf lag auf meiner Brust. Sie umarmte mich fest und schloss die Augen.

»Geht es dir gut, süße Maus?«, hakte ich nach. »Mir geht es gut, Schwester. Gott sei Dank geht es mir gut!», antwortete sie mit leicht müder und weinerlicher Stimme. Ihr Kopf hatte immer noch auf meinem Oberkörper gelegen, und sie hielt mich mit ihren Armen umschlungen. Fürsorglich streichelte ich ihr Haar.

»Komm schon, spuck es aus, süße Hexe«, forderte ich sie sehr aufrichtig auf. Ohne Luft zu holen, fragte sie mich: »Wie war meine Mutter?« In diesem Moment bekam ich einen Schlag, aber das hatte ich mir natürlich nicht anmerken lassen. Da ich sie schon einmal weinen gehört hatte, war dieses Thema eine sehr heikle Angelegenheit. Sie hatte getan, was sie mir angetan hatte. Ja, diese Frau war die Mutter von meiner Kiraz.

Aufgrund meiner unendlichen Liebe und meines Respekts zu Kiraz sollte ich sie natürlich nicht so schlecht machen, als sei ich wütend auf sie oder würde Hass und Hetze verbreiten. Aber leider hatte ich diese Gedanken für diese Frau.

Wie sollte ich eine so skrupellose Frau sonst beschreiben? Eine Weile ließ ich die Frage so im Raum stehen, dann meinte ich, ohne den Kopf anzuheben: »Genug, um ins Gefängnis zu gehen.« Anschließend umarmte sie mich fest.

Kiraz hatte geweint, ich weinte, weil Kiraz weinte. Natürlich brachen wir nicht in Tränen aus, wir weinten leise, als würden wir Tränen der Trauer nach einem traurigen Verlust vergießen.

Als Suat uns hörte, kam er aus seinem Zimmer und betrat ganz benommen das Wohnzimmer.

»Was ist mit euch los, gibt es schlechte Nachrichten?«, fragte er und machte ein wenig den Tisch frei. Über die Ablenkung war ich sehr froh, denn ich war unerwartet in diese Situation geraten. Ich wünschte, ich hätte zwei oder drei nette Sätze über meine Stiefmutter Kiraz› leibliche Mutter sagen können, um Kiraz in diesem emotionalen Moment ein bisschen zu trösten. Aber leider fiel mir in diesem Moment kein guter Satz ein. Ich konnte nicht einmal zum Trost ein nettes Wort sagen, leider.

Nachdem Suat hereingekommen war, hatten wir nicht mehr über das Thema gesprochen.

Als die beiden sich wieder auf den Weg zu ihren Zimmern gemacht hatten, rief ich Kiraz hinterher: »Kiraz, vielleicht war ich nicht bereit für die Fragen, die du mir geradegestellt hast.

Sie blieb unbeantwortet, plötzlich wusste ich nicht, was ich tun sollte. Das ist ein sehr sensibles Thema, ich bin nicht professionell an dein Problem herangegangen. Vielleicht hätte ich in diesem Moment zwei süße Sätze zu dir sagen und dich dann ins Bett schicken sollen. ABER ... Das wäre nicht richtig! Meiner Meinung nach ist es dein natürliches Recht, alles zu wissen, wie es ist. Lass uns diese Frage später wie zwei reife Menschen besprechen. Lass uns bis ins kleinste Detail gehen, bis auf den Grund der Sache. Ich bin bereit, mit dir und Suat darüber zu sprechen.«

Suat hatte nach dem, was ich gesagt hatte, begriffen, was vor sich ging.

Es war, als hätte eine schwierige Zeit begonnen, wie ein neuer Abschnitt in unserem Leben. Nur ich weiß, wie oft ich in meinem Herzen dafür gebetet hatte, dass wir diese Zeit so schnell wie möglich hinter uns lassen und alles wieder in Ordnung kommt. Es gab keinen anderen Ausweg!

Ja, das wars mit den Entwicklungen. Auf Wiedersehen für den Moment!

Mittlerweile hatte ich einen Brief von meinem Anwalt bekommen, meine Tante wurde für vier Jahre und sechs Monate inhaftiert. Jetzt war meine Tante an der Reihe, das Gefängnis von innen zu sehen. Mein Schwager und meine zwei Cousins wurden mit einer Geldstrafe belegt. Jeder meiner Cousins war zu einer Geldstrafe von dreizehntausend Euro verurteilt worden, weil sie bei diesem Verbrechen weggeschaut und gegen die Menschenrechte verstoßen hatten. Mein Schwager wurde sogar zu einer Geldstrafe von dreißigtausend Euro verurteilt, als festgestellt wurde, dass er der Kopf der Schlange in der kriminellen Vereinigung war.

Nehmen Sie nicht die Gunst des Opfers in Anspruch, es wird sich am Ende rächen!

»Lassen Sie sie schmecken, was es bedeutet, die Rechte von Waisenkindern zu missbrauchen«, hatte mein Anwalt gesagt. Ehrlich, ich hätte nicht erwartet, dass sie in diesem Ausmaß bestraft werden würden. Ich dachte, dass ich wenigstens meine Forderung nach dem monatlichen Geld, das mir mein Bruder geschickt hatte, geltend machen könnte, aber es stellte sich heraus, dass es eine Straftat war, meine Geschwister und mich jahrelang in einer solchen Situation leben zu lassen.

Mein Anwalt verlangte alles zurück, vom monatlichen Geld, das mein Bruder meiner Tante geschickte hatte, bis zum monatlichen Kindergeld, das wir vom Staat erhalten hatten. Er gab ihnen vierzehn Tage Zeit, um den in seinem Schreiben genannten Betrag von zweihundertsiebzehntausendachthundertfünfzig Euro zu zahlen. Schauen wir mal ...

Jedoch wusste ich, dass sie nicht in der Lage sein werden, zu zahlen ... Vor allem werden sie auch nicht in der Lage sein, die Geldstrafen, die sie erhalten hatten, zu zahlen. Das war der Punkt, sie konnten nicht zahlen! Wenn es sein musste, ließ ich alles von ihnen beschlagnahmen, ich rupfe sie bis auf die Federn aus. Geld war mir egal, es ging nicht um Geld! Diese Ungerechtigkeit, diese Grausamkeit, die uns angetan wurde, musste bestraft werden. Glaubten sie, dass der allmächtige Herr keine Waage hat? Wenn nicht in dieser Welt, so wird doch im Jenseits für Gerechtigkeit gesorgt werden.

Als ich durch meinen Bruder einige der Fakten erfuhr, sagte ich natürlich unhöflich: »Was für eine schlechte Frau.

Während wir mit dem Geld, das ich von meinem Trinkgeld verdient hatte, vom Markt in der Angebotszeit einkaufen gingen, wie Flicken, die wir auf unsere Kleidung nähten oder Kleidung, die andere wegwarfen, lebte sie in Wohlstand. Die sechshundert Euro, die wir jeden Monat von meinem Bruder bekommen hatten, zusätzlich die vierhundertzweiundsechzig Euro vom Staat, das Kindergeld für uns drei behielt meine Tante für sich. Wir hatten nie einen Cent von diesem Geld gesehen, Gott war unser Zeuge! Selbst das Kindergeld vom Staat hätte uns sehr geholfen. Auch wenn es für drei Köpfe nicht gereicht hätte, aber immerhin. Mit diesem Geld hatte sie aber die Miete für das Kohlenhaus bezahlen. Sie war so eine Frau!

In der nächsten Zeit verbrachte ich den Rest meiner Zeit, abgesehen von der Arbeit und meinen Geschwistern, nur noch damit, mich um meine Prüfung zu kümmern. Es blieb nur noch sehr wenig Zeit bis dahin. Aber ich hatte nicht die Absicht, sie zu wiederholen. Ich musste auf jeden Fall bestehen, dafür musste ich lernen.

Hinzu kam der GOLDENE-SCHERE-Wettbewerb, in dem ich an meinem Modell die Hochsteckfrisur gemacht hatte. Tatsächlich hatte ich ihn gewonnen und den GOLDEN SCISSORS Award bekommen, was für ein ehrenvolles Gefühl. Ich weiß nicht, warum, aber alles hatte sich perfekt entwickelt. Als mir der Preis überreicht wurde, hatten meine Beine vor Aufregung und Freude gezittert. Meine Arbeitgeberin hatte mir gesagt, wie sehr sie sich geehrt fühlte. Jedoch wollte ich mich in den Zeitungen nicht so oft zeigen, daher posierte ich immer so, dass mein Gesicht verborgen blieb. Später wurde mein Preis in dem Friseursalon, in dem ich arbeitete, zwischen den anderen Preisen ausgestellt.

Am Wochenende hatte ich ein langes Gespräch mit meiner Tante am Telefon geführt. Ich sagte ihr, wie sehr meine Geschwister und ich wollten, dass sie bei uns einzog, daraufhin hatte sie mit den vom Staat gestellten Betreuern gesprochen.

Zu unserer Erleichterung hatten sie erwidert: »Kein Problem, unsere Einrichtung ist in ganz Deutschland vertreten. Wir werden die Informationen über Ihren Umzug und Ihre Akte an die Organisation in Ihrer neuen Stadt weiterleiten. Sie werden sich mit Ihnen in Verbindung setzen. Sie brauchen sich keine Sorgen zu machen. Wir werden für Sie da sein, solange Sie Hilfe brauchen.«

Das war großartig. Es gab also keinerlei Hindernis für unsere Tante bei uns einzuziehen. Natürlich war sie ein bisschen aufgeregt, ich glaubte sogar, sie war ein bisschen zu aufgeregt. Dann verkündete sie uns ihre Entscheidung: »Von mir aus.« Sie hatte es sich überlegt, sie wollte auch bei uns leben. Aber erst wollte sie ihr Haus herrichten lassen, das in drei Monaten fertig werden würde. Los gehtꞌs. Aufgrund dieser positiven Entwicklungen erlebte ich ein außerordentliches Glück und Frieden. Ich hatte noch nie in meinem Leben so positive und friedliche Tage hintereinander erlebt. Diese aufeinanderfolgenden guten Entwicklungen waren für mich neu.

Das Leben ist so klar wie ein Wassertropfen
und so schmutzig wie ein Stück Schlamm...

KAPITEL 22

Freudige Nachrichten, ich hatte die Prüfung bestanden ... Gott sei Dank!

Dafür hatte ich hart gearbeitet. In meiner privaten Zeit hatte ich nicht den Luxus, meinen Kopf mit anderen Dingen zu beschäftigen. Allein auf diese Sache hatte ich mich konzentriert. Einmal hatte es eine Anhörung vor Gericht wegen meiner Tante gegeben, an der ich teilnehmen musste. Es war eine lange Zugfahrt gewesen, dieses Mal hatte ich meinen Aufnahmeassistenten vergessen mitzunehmen. Dabei hatte ich so viel zu erzählen.

Mittlerweile wohnte meine Tante seit zwei Wochen bei uns. Wir räumten das Wohnzimmer meiner Geschwister aus und richteten ein Zimmer für sie ein. Sie brachte ihre eigenen Möbel mit, die wir aufgestellt hatten. Den Rest wollte sie entweder verkaufen oder wegwerfen. Wir taten unser Bestes, damit sie zur Ruhe kam.

Meine Tante bestand darauf, dass sie einige Aufgabe übernehmen wollte, den Flur und den Eingang des Hauses sowie die Umgebung wollte sie sauber halten. Ihre Absicht war es, mich zu entlasten, aber ich war schon an dieses Tempo gewöhnt ...

Jedoch, meinte meine Tante: »Ich fühle mich gut, ich kann arbeiten. Warum sollte ich keinen Beitrag leisten?« Das wollte ich nicht, weil ihre Wunden noch frisch waren und sie noch in Behandlung war, aber meine Tante bestand darauf. So stellten wir ihr auch keine Hindernisse in den Weg, denn dies war auch ihr zu Hause.

Eine Hand wusch die andere. In der Einigkeit lag die Kraft!

Eine Frau sein; Ein geborener Krieger sein.

KAPITEL 23

Mittlerweile wohnte meine Tante seit sechs Monaten bei uns. Die Zeit war wie im Flug vergangen. Viele Dinge hatten sich in unserem persönlichen Leben verändert. Jeder von uns hatte sich an die neue Stadt gewöhnt, in der wir lebten. Wir hatten Tag für Tag gelernt, was wo war. Diese Phase war sehr zeitaufwendig. Das war eine große Stadt, und auch wenn es ein bisschen verwirrend war, hatten wir sowieso nichts mit der ganzen Stadt zu tun.

Meine Tante erhielt ihre Behandlungen ohne Unterbrechung. Eine weitere Operation ging reibungslos vonstatten. Es ging ihr gut, Gott sei Dank! Inzwischen hatte meine Tante auch die Reinigung in dem Friseursalon im Erdgeschoss übernommen, in dem ich putzte. Manchmal, wenn es ein Wochenende war, hatte ich ihr geholfen. So weit wie möglich hatten wir alle Verantwortungen übernommen. Es war eine große Veränderung für uns, als meine Tante bei uns eingezogen war. Wir hatten bei ihr die Wärme bekommen, die wir nie erfahren hatten. Wir, die drei Geschwister, hatten das Gefühl, dass sie das vervollständigte, was uns gefehlt hatte. Sie war wie eine Mutter für uns.

Suats Studienvorbereitungszeit war in vollem Gange. In einem Jahr endet sein Studium, daher hatte er so gut wie keine Freizeit. Kiraz konzentriert sich auf die Wahl einer Fremdsprache. Meine Arbeitgeberin meldete uns ständig zu Teilnahmen an Wettbewerben an. In letzter Zeit hatte ich viel darüber nachgedacht, mich in einer Meisterschule einzuschreiben. Vielleicht bestand diese Möglichkeit für mich. Mal sehen, was passierte, möge Gott das Beste geben, möge Er keinen von uns in Verlegenheit bringen.

In diesen sechs Monaten hatte es natürlich einige Entwicklungen gegeben. Meine Anwältin, die den Spitznamen blutige Nigar trug, die ebenfalls Haare auf den Zähnen hatte, besuchte meine inhaftierte Stiefmutter im Gefängnis wegen unserer Erbschaftsangelegenheiten und bestätigte mit ihrer Unterschrift, dass sie ihr Erbe von meinem Vater und meiner Mutter abgelehnt hatte. Bei diesem Besuch hatte sich meine Stiefmutter immer wieder auf die Knie geschlagen, erzählte mir Nigar. »Ich bin schuldig, nicht Yasemin! Sie ist für meine Kinder Mutter und Vater zugleich«, hatte sie geweint.

Nun, im Gefängnis hatte sie Zeit zum Nachdenken. Solange sie diese Gedanken im Herzen trug, wünschte ich ihr ständige Führung von meinem Herrn, in der Hoffnung, dass sie sich mit der Zeit von ihren bösen Gefühlen und Gedanken läutern wird und vielleicht Buße tat.

Über die Familie, an die ich im Alter von dreizehn Jahren von meiner Stiefmutter als Ehefrau verkauft wurde, erzählte mir meine Anwältin folgendes: »Die meisten von ihnen wurden freigelassen, der Bruder, der das Auto gefahren hatte, und ein anderer Mann sind noch im Gefängnis. Bei allen anderen wurden die Strafen in Geld umgewandelt.«

Da ich mit der Tochter der Nachbarin in Kontakt stand, hatte ich auch von ihr viele Informationen erhalten. Es gab nicht viele Menschen, die kamen und gingen. Bevor diese

Prozesse begonnen hatten, hatte Leyla das Haus verlassen. Von diesem Tag an bis heute war ihr Aufenthaltsort unbekannt. Ich hatte mich für sie gefreut.

«Lach nicht über deinen Nachbarn», gibt es im Türkischen ein Sprichwort, dass genau hierzu passte. Denn das gleiche geschah denen auch.

Immer wieder hatte sie Einspruch erhoben, aber vergeblich! Was geschehen war, war geschehen. Vor allem, wenn ein Waisenkind verleumdet wird, ist der Maßstab meines allmächtigen Herrn sehr gerecht. Mein Herr hat ihnen eine Prüfung auferlegt und eine gute Gelegenheit gegeben, zu Vernunft zu kommen. So können sie Buße tun und sich selbst läutern.

Wie absurd ist schon das Wort «KUMA», wie schlimm, wie dumm ist es, in diesen Zeiten solche Dinge zu erleben. Kuma bedeutete zweite Ehefrau, das sollte nicht normal sein. Es sollte nur eine Ehefrau an der Seite eines Mannes geben.

Die Nachrichten, die ich erhalten hatte, brachte mir eine weitere Erleichterung. Mein innerer Frieden wurde von Tag zu Tag größer. Das Lächeln, nach dem wir uns immer gesehnt hatten, erschien jetzt immer mehr auf unseren Gesichtern. Wir hatten ein ganz normales, organisiertes, geregeltes Leben. Arbeit, Schule, Privat usw. ...

Nun war ich am Ende von Band elf angelangt.

In so kurzer Zeit hatte Yasemin viel geschafft, es hatte sich alles schnell entwickelt, sie nahm eine Rache nach der anderen, aber sie tat es auf die richtige Weise. Es war der richtige Weg, den Rechtsweg zu beschreiten! Glücklicherweise war das, was ich befürchtet hatte, nicht eingetroffen. Denn ich hatte mir die schlimmsten Möglichkeiten ausgemalt.

Ich war sehr froh, dass ihre Tante bei ihnen eingezogen war, aber auch sehr traurig, dass ihr ein solcher Vorfall passiert war. Wie grausam Menschen sein können.

Eine schnelle Kurzfassung: Die Kassetten von zwölf bis fünfzehn waren vor etwa zwei Wochen bei mir angekommen. Diesmal hatte sie sie in einem kleinen Päckchen geschickt. Da ich auf der Arbeit war, konnte ich das Paket erst später von der Post abholen. Sie hatte Kekse, Süßigkeiten, Schokolade und ein Bild von ihr mit ihren Geschwistern und ihrer Tante mitgeschickt. Auf der Rückseite des Bildes stand geschrieben: »Wir denken an dich und tragen dich in unseren Herzen!«

Die Aufzeichnungen kamen in immer größeren Abständen.

Das Beste an unserer Arbeit war, dass sie nicht mehr weinte! Ja, Yasemin war nicht mehr verzweifelt und hatte ihren Kampf überwunden. Dies war mir nicht entgangen. Sie hatte ihre Albtraumtage hinter sich gelassen. Yasemin war in der Lage, mit ihren Geschwistern ein ordentliches und organisiertes Leben zu führen. Schauen wir uns die anderen Bänder an, mal sehen, was Yasemin uns noch erzählen wird ...

In den Augen einer Frau, ist eine ganze Welt verborgen!

KAPITEL 24

Hurra! Hurra!

In drei Wochen kam mein Bruder zur Messe nach Deutschland.

Das war genau das, was ich jetzt brauchte, sich gegenseitig mit Liebe, mit einem Gefühl der Einheit und Solidarität zu unterstützen. Ich wollte nichts anderes. Mein Bruder hatte immer gesagt, dass er mich finanziell unterstützen will. Glücklicherweise waren wir nicht auf finanzielle Unterstützung angewiesen. Wir waren autark, Gott sei Dank.

Übrigens hatte ich beschlossen, dass ich mich an einer Meisterschule einschreiben möchte! Die Anträge zur Einschreibung hatte ich schon angefordert und mit meiner Arbeitgeberin darüber gesprochen. Sie sagte, es wäre ihr eine Ehre, eine Meisterin in ihrem Salon zu haben. Meine Arbeitgeberin war eine erfolgreiche, sehr nette Dame. Auch bot sie an, dass sie mich in dieser Angelegenheit unterstützen würde, dass sie mich in dieser Zeit nicht allein lassen würde. Diese Dinge zu sagen, gab mir ein sehr gutes Gefühl. Ich dankte ihr. Mit meiner Arbeitgeberin zusammen hatte ich das Anmeldeformular ausgefüllt und per Post abgeschickt.

»Ich werde dich eigenhändig auf die Meisterschule vorbereiten, ich hoffe, es wird dir zum Vorteil dienen«, sagte sie. Auf dem Anmeldeformular wurden einige unterschiedliche Präferenzen für die Unterrichtszeiten angegeben.

Entweder nur montags, was ein ganzes Jahr und drei Monate dauern würde. Oder zusätzlich einen halben Tag in der Woche, dann wären es acht Monate. Es gab noch zwei andere Möglichkeiten: eine ganztägige, die fünf Monate dauerte, und die, für die ich mich entschied, war die Teilnahme an der Meisterschule für drei Stunden jeden Abend, die sechs Monate dauern würde. Das kostet eine Menge Geld. Es kostete elftausendfünfhundert Euro.

Es warteten wieder arbeitsreiche Tage auf mich. Die Unterstützung meiner Tante zu Hause machte es für mich und meine Geschwister leichter. Als die Aufgaben und Verantwortlichkeiten, die wir alle gemeinsam übernommen hatten, erfüllt waren, gab es natürlich kein Halten mehr und wir verbrauchten unsere Kräfte, um unseren Weg fortzusetzen.

Meine Arbeitgeberin hatte in den letzten Monaten viel über den Friseursalon ihrer Mutter gesprochen, da sie sich Sorgen machte. »Sie ist alt, sie kann nicht mehr so wie früher, es fällt ihr alles immer schwer«, sprach sie ihre Gedanken aus. »Solange ich bei ihr bin, werde ich ihr helfen.« Schließlich war sie nicht damit einverstanden, dass der Friseursalon ihrer Mutter geschlossen werden sollte.

Dieses Thema stand in letzter Zeit immer öfters auf der Tagesordnung. »Was ist, wenn sie es nicht mehr schafft, was ist, wenn er geschlossen werden muss?«, erwähnte sie immer wieder. Es war ein guter, schöner und sehr geschäftiger Salon.

Zusammen mit mir hatte sie acht Angestellte, so waren wir zu neunt. Sie würde keine unprofessionellen Mitarbeiter akzeptieren. Wenn Sie sich erinnern, hatte ich einen Tag in der Woche im Friseursalon ihrer Mutter gearbeitet und dieser Tag wurde von der Miete abgezogen.

Neue Wunder, erwachen mit dem Sonnenaufgang neu.

KAPITEL 25

Die Zeit verging so schnell, seit meiner Anmeldung waren fast drei Monate vergangen ...

Darüber war ich erstaunt ... Wie schnell die Zeit verging. Mein Bruder war nach Deutschland gereist. Er kam auch zu uns nach Hause und war unser Gast. Alle zusammen halfen und unterstützten wir ihn am Stand der Messe. Wir kamen alle wie eine Faust zusammen und verabschiedeten meinen Bruder, als seine Zeit abgelaufen war.

Die nächsten eineinhalb Jahre werden sehr arbeitsreich sein. Es war Suats letztes Jahr an der Universität, aber es war auch ein sehr wichtiges Jahr für Kiraz. Damit ihr letztes Zeugnis glänzen konnte, musste sie sich hinsetzen und durfte den Kopf nicht von ihren Hausaufgaben und Büchern heben. Denn dieses letzte Zeugnis würde über ihre Zukunft entscheiden. Wohin sie sich orientieren würde, würde von ihrem Abschlusszeugnis abhängen. So Gott will!

Auch bei mir ging es weiter, denn ich wurde an der Master-Schule angenommen. Die Benachrichtigung über meine Annahme kam schon vor Wochen per Brief. Es lagen noch zwei Monate vor mir, bevor die Schule begann. Auf uns alle warteten anstrengende Tage. Meine Tante lag im Krankenhaus, sie nahmen kleine Korrekturen an ihrem Gesicht vor. Ich hoffte und betete, dass sie sich rechtzeitig erholen wird. Diese Brandwunden im Gesicht, am Hals und an den Schultern sollten bis zu ihrem Tod Narben auf ihrem Körper hinterlassen. Wir alle mussten diese Tatsache akzeptieren.

Übrigens hatte ich bis heute noch nie ein Thema angesprochen. Da ich gerade von meiner Tante geredet hatte, möchte ich dieses Thema ansprechen, das offengeblieben ist. Ich war jetzt in die Zeit eingetaucht, in der wir bei meiner Tante gelebt hatten, meine Gedanken waren in dieser Zeit hängen geblieben.

Wenn Sie sich erinnerten, wurde ich mehrmals von meinem Schwager sexuell belästigt. Als ich mich beschwert hatte, wurde er nach drei Tagen aus der Haft freigelassen, weil ich keine Zeugen hatte. Ich hatte keine Beweise oder Belege für seine Belästigungen. Nur die Spuren an meinem Körper waren Zeugen. Das waren die Narben, die ich bei der Belästigung bekommen hatte. Als ich auf der Polizeiwache einen Krampfanfall erlitten hatte und ins Krankenhaus gebracht wurde, hatte der Arzt einen Bericht über meine Überfallspuren ausgeschrieben.

Mein Schwager war zurzeit wegen des Anschlags auf meiner Tante im Gefängnis. Über meinen Anwalt hatte ich meine medizinischen Berichte aus dem Krankenhaus angefordert. Nachdem ich sie erhalten hatte, machte ich bei der Polizei erneut eine Aussage über die Belästigungen durch meinen Schwager aus dieser Zeit. Meine Aussage wurde von den Polizeibeamten erneut aufgenommen und mit meiner Aussage von vor Jahren abgeglichen. Das mussten sie tun, das war für mich in Ordnung, denn was ich gesagt hatte, war die Wahrheit gewesen. Ich hatte gehofft, dass er noch eine weitere Strafe zu der bereits erhaltenen Strafe bekommen würde. Von nun an würde ich die Angelegenheit über meinen Anwalt abwickeln lassen.

In den letzten Tagen war ich sehr müde und hatte eine außergewöhnliche Last zu tragen. Den ganzen Tag über hatte ich das Gefühl, mich hinlegen zu müssen, obwohl ich das bis heute noch nie getan hatte. Die Müdigkeit rührte von meinen Bemühungen, wie zum Beispiel all diese Dinge der Reihe nach zu klären und dafür zu sorgen, dass die Verbrecher ihre Strafe erhielten. Es war nicht immer dasselbe Tempo und selbst wenn ich vorankam, geschah nicht immer alles, was ich mir erhofft hatte. Körper und Geist mussten sich ausruhen und erneuern. Ich hatte viele Dinge mit Gottes Erlaubnis erreicht, Gott sei Dank. Das meiste war vorbei, aber ein bisschen blieb noch, Geduld Yasemin, sagte ich zu mir selbst.

Wenn jede Nacht einen Morgen hat,
hat auch jedes Leiden ein Ende...

KAPITEL 26

Es war Dienstag

Fast ein Jahr war vergangen. Wir näherten uns wieder dem Osterfest. Wie im letzten Jahr wollte ich wieder mit meinen Geschwistern in die Türkei fliegen und vor ihnen zurückkehren. Dieses Mal wollte ich auf meiner Reise unter anderem die Gräber meiner leiblichen Eltern von Mutter und Vater verschönern. Ich war entschlossen ...

Jahre später kehrte ich also in unser Dorf zurück, aus dem wir vertrieben worden waren. Inzwischen konnte mein Bruder unser Land und unser Haus verkaufen. Das Geld hatten wir, das wir aus der Erbschaft erhalten hatten, gespendet, so wie wir es beabsichtigt hatten.

Jedoch hatte ich nicht vor, allein in unser Dorf zu gehen. Nach allem, was passiert war, wollten sie mich nicht allein gehen lassen. Ihnen war es zu verdanken, dass wir uns alle gemeinsam auf diese Reise begeben hatten.

Meine Tante Meral, Onkel Osman, der Fahrer, mein Bruder, meine Geschwister und ich. Wir hatten uns alle zusammengetan und waren in unser Dorf gereist, um die Gräber meiner verstorbenen Mutter und meines verstorbenen Vaters anzulegen. Zuerst suchten wir den Grabstein in unserer Stadt aus, danach fuhren wir in aller Ruhe zum Friedhof.

Auf dem Weg dorthin erinnerte ich mich an die albtraumhaften Tage nach dem Tod meines Vaters. Damals war ich ein Kind, etwa dreizehn oder vierzehn Jahre alt. Als ich in diesem

Moment Kiraz im Auto ansah, war ich in meinen Träumen versunken. Warum Kiraz? Denn mein damaliges Alter war ein oder zwei Jahre jünger als Kiraz› jetziges Alter. Kiraz war vor ein paar Tagen sechzehn Jahre alt geworden ... Was mich betraf, so hatte mich meine Stiefmutter vor Jahren, als ich vierzehn Jahre alt war, mit meinen Geschwistern, die ich noch nie zuvor gesehen hatte, allein gelassen, als ich zu meinem Vater zurückgekehrt war, um die Vorbereitungen für die Trauerfeier für ihn in unserem Dorfhaus zu treffen. Als ich noch ein Kind war, erlebte ich aufgrund der Verleumdungen außerordentlich schreckliche Tage. Die Dorfbewohner schlugen sogar die Fenster des Hauses ein.

Es war unglaublich!

Ich erinnerte mich, dass sogar die Gendarmerie einige Tage lang zum Schutz vor unserer Tür Wache stehen mussten. Unsagbar schwere Anschuldigungen, Beleidigungen und Verleumdungen kamen aus den Mündern der einzelnen Dorfbewohner. Stellen Sie sich vor, ich war als Kind so groß wie ein Bein. In welcher Verzweiflung ich war und was für einen Kampf ich zu führen hatte. Besonders an dem Tag, als wir unser Dorf verlassen mussten. Oh mein Gott ... Es war schrecklich. Meine Geschwister und ich waren beinahe Opfer einer ignoranten Gesellschaft. Von unserem Dorf führte ein unbefestigter Weg zur Hauptstraße. Auf diesem Weg wurden wir von Beschimpfungen und Flüchen nicht verschont.

All das hatte mit der Verleumdung meiner Stiefmutter gegen mich begonnen. Sie hatte mich gegen Geld an eine Familie verkauft. Sie verleumdete mich auch, indem sie sagte: »Sie ist weggelaufen, sie ist zu diesem Mann gelaufen.« Aber es war nicht so. Mit ihren falschen Verleumdungen saß sie nun im Gefängnis ... Ich hoffte, dass sie zur Besinnung gekommen war, als sie sich auf die Knie geschlagen hatte und ständig jammerte: »Was habe ich getan?«

Als einige der Dorfbewohner ein fremdes Auto sahen, eilten sie auf den Friedhof. Wir wurden mit Fragen bombardiert wie: »Wer bist du, woher kommst du?« Daraufhin antwortet mein Bruder: »Wir sind ihre Verwandten«. So beendete er schnell die Flut von Fragen.

Wir hatten auch einen Imam aus der Stadt kommen lassen. Nachdem wir an ihren Gräbern gebetet hatten, beschlossen Kiraz, Tante Meral, ich und der Fahrer, wieder nach Hause zu fahren. Die Dorfbewohner waren buchstäblich zum Friedhof geströmt und stellten Fragen. Sie hatten mir schon vor Jahren den Seelenfrieden genommen, in diesem wichtigen Moment, sagte ich: »Endlich kann ich, Gott sei Dank, die Gräber meiner verstorbenen Mutter und meines verstorbenen Vaters errichten. Gott sei Dank.«

Ich hatte nicht die Absicht, mich erneut von den Dorfbewohnern demoralisieren zu lassen. Deshalb hielten wir es für richtig, sofort zurückzufahren. Da die Dinge so lagen, nahm ich eine Handvoll Erde von den Gräbern der beiden mit, die ich in meine Tasche stecke. Mein Bruder und Onkel Osman wollten noch bleiben, so verabschiedete ich mich von ihnen.

Nach all den Jahren hatte ich auch die Freude erlebt, in mein Dorf zurückzukehren … Doch die Negativität hatte die kleine Freude, die ich erlebt hatte, verdrängt. Sie hatten meinen ganzen Enthusiasmus erstickt. Am Abend erhielt ich einen Anruf von meinem Bruder.

»Wir werden heute nicht zurückkehren. Die Gräber sind noch nicht fertig! Wir werden in einem Hotel in der Stadt übernachten. Ich werde euch Bescheid geben, sobald die Gräber fertig sind«, informierte er mich. Vielen Dank an alle, die dazu beigetragen hatten. Ich war erleichtert. Es war eine echte Erleichterung für mich, dass meine Mutter und mein Vater nun richtige Gräber besaßen, die wir besuchen konnten.

Zwei Tage später flog ich zurück nach Deutschland.

Als ich erst fünfzehn Jahre alt war, hatte mir mein Bruder an dem Tag, an dem wir nach Deutschland zu meiner Tante geschickt wurden, einen dicken Umschlag mit Geld an der Passkontrolle gegeben.

Gott war mein Zeuge, ich hatte sie bis heute nicht gezählt. Einmal hatte ich Geld aus dem Umschlag genommen, weil ich es musste, aber nachdem ich gespart hatte, hatte ich die Summe wieder in den Umschlag gesteckt.

Jetzt hatte ich den Umschlag mitgebracht. Ich würde morgen zurückkehren, ich wollte ihm den Umschlag zurückgeben, bevor ich nach Deutschland flog.

Die Zeit kam und mein Stiefbruder war wieder zu Hause.

Als sich mir die Gelegenheit bot, auf die ich gewartet hatte, reichte ich meinem Bruder, der während des Gesprächs auf einem Teil der Terrasse herumlief, leise den Umschlag: »Bruder, wir hatten eine Reliquie von dir bei uns, die möchte ich dir zurückgeben«, sagte ich.

Als er sah, dass ich ihm einen Umschlag überreichte, schaute er mich mit einem Ausdruck an, als wollte er sagen: »Was ist los, was ist das?« In diesem Moment meinte ich: »Nimm es!« So reichte ich ihm den Umschlag erneut. Er nahm ihn in die Hand und drehte seinen Kopf mit einem überraschten Gesichtsausdruck wieder zu mir: »Oh Mann, was ist das jetzt?« Er öffnete den Umschlag.

Als er sah, dass sich darin ein Bündel Geld befand, erhob er erstaunt und ein wenig überrascht seine Stimme:

»Yasemin? Was ist das jetzt? Was ist das für ein Geld?«

Ich merkte, dass er beleidigt war. Ohne ihn zu übergehen, neigte ich meinen Kopf leicht nach vorne und stellte mich vor ihn.

»Ich brauchte damals kein Geld, lieber Bruder und ich brauche es auch jetzt nicht. Alles, was ich brauche, ist eine Familie für meine Geschwister und mich. Daher möchte ich, dass du eine Familie für uns bist, dass wir einen Stamm haben und dass wir seine Äste sind. Lasst uns der Jahreszeit entsprechend wachsen, lasst uns, wenn nötig Früchte tragen.

Wir sind nicht blutsverwandt, aber mit der heiligen Liebe, die unsere verstorbene Mutter Filiz und unser verstorbener Vater Hikmet uns geschenkt haben, wollen wir ihnen gute, schöne Kinder sein. Sie haben diese Dinge verdient. Sie waren Menschen, die nach dem Guten und dem Glauben strebten, und sie haben uns mit dem Guten versorgt. Nach all den schlimmen Tagen, die wir erlebt hatten, dieser Ort und unsere Akzeptanz hier, die liebevolle Aufnahme meiner beiden Geschwister, hatten unsere tiefen Wunden Salbe gefunden. Wir befinden uns in einer Welt der Prüfungen, wir befinden uns in der Endzeit … Der Menschheit geht es schlechter, der Menschheit geht es furchtbar schlecht. Die Menschen werden mit fortschreitender Zeit immer mörderischer. Möge Gott uns allen verzeihen. Möge er uns vor dem Bösen schützen. Du hast keine Mutter und wir haben keinen Vater. Wir vier, du, Suat, Kiraz und ich, wir wurden von unserer verstorbenen Mutter Filiz und unserem verstorbenen Vater Hikmet adoptiert, die diese Welt verlassen und uns ihr Leben anvertraut haben. Ich will nur, dass du eine Familie für uns bist, nicht dein Geld!«

Mein Bruder hatte mit gesenktem Kopf zugehört, er war nachdenklich. Er hatte mich nicht unterbrochen. Es war sehr gut, dass ich diesen Moment miterleben konnte. Mein Bruder verstand die Situation. Als ich zu Ende gesprochen hatte, fasste er mich zunächst mit einer Hand an der Schulter, lächelte, neigte den Kopf leicht zur Seite und zog mich zu sich, um mich zu umarmen. Er holte tief Luft und umarmte mich. Dann gingen wir, ohne ein Wort zu sagen, mit seiner Hand auf meiner Schulter, von der Terrasse ins Wohnzimmer.

»Ich bin dein Bruder, ich hoffe, ich werde immer dein Bruder sein! Ich habe drei Geschwister, ihr seid meine Familie«, sagte er feierlich.

Als wir das Haus betraten, hatte mein Onkel Osman seinen berühmten Kräutertee zubereitet und kam auf uns zu. Was für ein lieber Mensch Onkel Osman doch war! Bei meiner Tante Meral war es genauso. Möge Gott mit ihnen zufrieden sein. Als ich Onkel Osman mit einem solchen Tablett auf uns zukommen sah, dachte ich ehrlich gesagt, dass das nicht zu mir passen würde. Für sie war dies jedoch eine normale Situation. Natürlich; vielleicht war es das! Aber ich riss ihm das Tablett aus der Hand.

»Das reicht, verschnauft mal. Ihr habt euch heute überhaupt nicht ausgeruht, kommt schon, geht zu euren Plätzen«, forderte ich sie auf, dabei hielt ich das Tablett in der einen Hand und versuchte mit der anderen Hand, beide in das Wohnzimmer zu schieben. Nachdem beide auf ihren Plätzen Platz genommen hatten, zog ich einen kleinen Couchtisch neben sie. Ich stellte das Tablett darauf und füllte die Porzellantassen mit Tee.

Nachdem ich meine Tante Meral und meine Geschwister versammelt hatte, setzten wir uns alle auf unsere Plätze. Dann sagte mein Bruder: »Komm, lass uns zusammen einen guten Film anschauen, was meint ihr?«

Das war eine gute Idee, Kiraz und Suat antworteten: »Dann lasst uns den Tisch decken«, und zogen sich in die Küche zurück.

Wir wollten einen Filmabend mit der Familie machen, also hatten wir den Fahrer angerufen, damit er sich beteiligte. Als er zu uns kam, hatten wir eine volle Besetzung.

Es war der letzte Abend, den ich vor meiner Rückkehr nach Deutschland verbringen würde!

Im Inneren war ich voller Frieden, ich war mit meinen Liebsten zusammen, und ich würde morgen ohne jede Sorge nach Deutschland fliegen. Was für ein schönes, friedliches Gefühl das war, ich würde es um nichts in der Welt ändern wollen. Glauben Sie, dass es etwas so Heiliges und Schönes gibt wie die Familie? Aber keiner von uns kam aus so einer Familie, ja, es war meine eigene Familie, die hinter all dem Schlechten und Negativen, dass ich erlebt hatte, stand. Würden Menschen mit einer gesunden Psyche jemals ein kleines Kind quälen? Ich denke, solche Menschen müssen erkennen, was sie getan haben und sich behandeln lassen. Wir waren zu einer Lynchgesellschaft geworden. Der Menschheit ging es immer schlechter ...

Jetzt werde ich aufhören und kuschelte mich unter meine Bettdecke, um zu schlafen. Es war 02:23 Uhr. Wir hatten heute einen sehr schönen Abend erlebt. Es war, als würde warmer, tröstlicher Frieden in mir wohnen. So erfrischend. Möge der Morgen gut werden ... Gute Nacht euch allen.

Wenn die Sonne untergeht,
entstehen auch neue Hoffnungen, nicht nur,
wenn sie aufgeht.

KAPITEL 27

Zurück in Deutschland ging ich sofort wieder arbeiten. Es war schon eine Woche vergangen. Es war Sonntag, ich saß ruhig am Esstisch in der Küche mit einer Tasse Kaffee, dabei schaute ich fern. Ich war bereits früh aufgewacht, es war 06:43 Uhr morgens, so dachte ich mir, ich mache da weiter, wo ich aufgehört hatte.

Mein Bruder war wieder der Bruder geworden, den ich zuerst kennengelernt hatte. Das hieß, er war wieder so, wie er vor der Heirat mit der berühmten Frau Nalân war. Mein Bruder war wieder ganz der Alte. Es war, als wäre er durchgeschüttelt worden ... Er hatte sich wieder erholt, Gott sei Dank!

Tante Meral hatte dieses Mal über ihre Knie geklagt, sie war zum Arzt gegangen, aber sie hatte immer noch Schmerzen. Daher riet ich ihr, sie solle noch einmal hingehen, dies sagte ich auch meinem Bruder, er solle sie zu einem Spezialisten bringen.

Ja, ich hatte meine Familie in der Türkei zurückgelassen ... Ich war wieder in Deutschland.

Morgen begann meine Meisterschule. Zum ersten Mal würde ich nach der Arbeit eine dreistündige Unterrichtsstunde besuchen. Sie hatten die neu eingeschriebenen Schüler in die Schule eingeladen. Da erklärten sie uns erst, wie der Prozess ablaufen würde und was in einem Saal vor allen Gästen passieren würde. Es war ein neuer Schritt, ein neuer Anfang für mich ... Die Aufregung war auf dem Höhepunkt. Ich wusste im Voraus, dass ich mich anstrengen musste. Ich hatte sogar

Angst vor dem Schreiben, denn ich war in der Türkei geboren und aufgewachsen, vielleicht würde ein deutsches Wort, das ich nicht kannte, in den Fragen auftauchen und ich deshalb nicht antworten können, solche Gedanken gingen mir ständig durch den Kopf.

Diese Befürchtungen hatte ich mit meiner Arbeitgeberin besprochen: »Fragen Sie in einem solchen Fall sofort Ihre Dozenten, was ist das für ein Wort? Man muss fragen, was man nicht weiß, damit man antworten kann!«

Natürlich wusste ich im Voraus, dass die Prüfungen für das Master-Zertifikat extrem schwierig und anstrengend sein würden. Aber ich sollte auch nicht vergessen, was ich erreicht hatte. Für mich selbst sagte ich Hut ab.

Vielleicht konnte ich nicht rechtzeitig in all das Geschehene eingreifen, aber ich hatte mich angesichts all der Gräueltaten, des Bösen und des Unheils nicht verloren.

Ich hatte gekämpft ... Ja, ich hatte gekämpft!

Und ich hatte in meinen Kampf gewonnen, ich hatte Frieden erlangt. Obwohl ich einer Verfolgung ausgesetzt war, die ich nicht verdient hatte, hatte ich trotz aller Qualen, die ich erlebt hatte, meinen Glauben an Gott nicht verloren. In der Zeit war ich nie rebellisch gewesen, und ich will es auch nicht werden.

Nach all den negativen Erfahrungen, die ich gemacht hatte, ist mir etwas klar geworden!

Reden tröstet, klärt auf, löst ... Ja, das Reden hatte mich zu dem gemacht, wer ich heute war. Ich war nicht mehr die arme, hilflose Yasemin, die stumm war, die die Halsstarrige spielen musste. Während ich sprach, wurde mir bewusst, was ich durchgemacht hatte. Die Probleme, die mit Fragezeichen in meinem Kopf nagten, konnte ich durch das Reden leichter lösen. Es war Balsam für mich selbst. So können Sie meine Worte, die aus der Feder der Schriftstellerin Nurgül entstanden waren, lesen.

So war das Leben! Manchmal war es sehr seltsam ...

Während ich darüber sprach, war ich plötzlich in der Tiefe versunken. Meine Tante schlief noch ...

Heute werde ich wieder einen arbeitsreichen Tag haben. Die Arbeit im Garten kam etwas zu kurz. Meine Tante und ich hatten gestern über das heutige Programm gesprochen. Am Fernsehen war ich dann eingeschlafen. Meine Tante hatte einfach bis 02:20 Uhr nachts gebügelt, da sie es nicht auf den heutigen Tag verschieben wollte. Auch ihr ging es in den letzten Tagen besser. Wir teilen unsere Arbeit immer auf. Es gab nicht ein Problem zwischen uns. Es gab noch nie ein Problem, dass einer von uns mehr oder weniger getan hatte als der andere ...

Eine Hand wusch die andere, das war meine allgemeine Einstellung. Nur so können sich die Menschen gegenseitig ergänzen. Ich hatte fast keinen Kaffee mehr, meine Tante würde bald aufwachen. Da ich mich auf die beginnende Meisterschule konzentrieren musste, beschloss ich eine Woche lang keine

Audioaufnahmen zu machen. Vielleicht machte ich vorsichtshalber in den nächsten sechs Monaten keine Sprachaufnahmen mehr. Ich wusste es nicht. Wir würden es sehen ... Ich überließ es meinem Gefühl!

Auf Wiedersehen für jetzt!

Heute war genau eine Woche vergangen.

Am Sonntagmorgen, als ich mit einer Tasse Kaffee in der Küche fernsah, nahm ich wieder eine Aufnahme auf. Eine Woche war wieder schnell vergangen.

Meine Vorhersage hatte sich bestätigt. Es lagen schwierige und anstrengende Tage vor mir. Nach der Arbeit hatte ich es eilig, in die Schule zu kommen. Nach meinem Schulbeginn hatten sich meine Arbeitszeiten und mein Arbeitsvertrag geändert. Wir hatten meine Wochenstunden reduziert. Um 18:00 Uhr war der Arbeitstag zu Ende. Mein Monatsgehalt würde eine Zeit lang nicht mehr so hoch sein wie zuvor. Das war egal ...

Das war kein Problem, wir würden eine Zeit lang gut zurechtkommen.

Übrigens, das hatte ich ganz vergessen zu sagen. Der Urlaub meiner Geschwister war bereits beendet und sie waren wohlbehalten nach Hause zurückgekehrt. Gott sei Dank waren alle wieder bei ihren Aufgaben und Pflichten.

Dieses Jahr würde es im Haus sehr ruhig werden, denn wir mussten für unsere Prüfungen lernen. Auch für Suat war es der letzte Urlaub in der Jahresmitte. Seine Abschlussprüfungen begannen in sechs Monaten, aber auch für Kiraz standen Veränderungen an. Suat hatte einige Universitäten in den nächstgelegenen Städten in unserer Umgebung besucht. Sein Ziel war es, Fachangestellter für Medien- und Informationsdienste zu lernen. Nach seinem Studium wollte er in der Holding arbeiten.

In der Zwischenzeit hatten wir die deutsche Staatsbürgerschaft beantragt. Die Beschaffung der erforderlichen Dokumente war kein Problem. Da wir in einem disziplinierten und bürokratischen Land lebten, musste ich als Erstes lernen, meinen Papierkram sauber und ordentlich zu halten. Alles war sauber und geordnet in den Ordnern untergebracht.

Wir konnten das, was wir brauchten, in ein paar Tagen zusammenstellen. Nachdem wir alles zusammengetragen hatten, gaben wir es eigenhändig bei der Ausländerbehörde ab. Nachdem wir unsere letzten Unterschriften geleistet hatten, war es nur noch eine Frage der Zeit.

Jetzt näherte ich mich dem Ende meiner Kassette ... Erneut werde ich mich eine Weile von meinen Aufnahmen fernhalten, denn ich möchte mich mit klarem Kopf, meiner Arbeit, meiner Schule und meiner Familie widmen. Möge Gott es uns allen leichter machen.

Wenn Sie eine nachdenkliche
Frau mit tiefen Falten im Gesicht sehen, wissen Sie;
war sie mit Ihrer Vergangenheit allein gelassen!

KAPITEL 28

Zwei Jahre waren vergangen ... Wie schnell! Die Zeit verging wie im Fluge, wir merkten es nicht einmal. Während wir in so vielen Verpflichtungen und der täglichen Hektik ertranken, merkten wir nicht, wie schnell die Zeit verging. Genau in einem Monat wohnten wir seit sechs Jahren in diesem Haus. Für einen Moment verlor ich mich in meinen Träumen. Ich hatte in den letzten zwei Jahren keine Sprachaufnahmen mehr gemacht. Heute hatte ich zum ersten Mal wieder angefangen. Natürlich hatte sich einiges angesammelt, dass ich nach und nach erzählen möchte. Es hatten sich viele, sehr viele Dinge in unserem Leben verändert.

Lassen Sie mich da weitermachen, wo ich aufgehört hatte, damit wir nicht durcheinanderkommen.

Ich ging zur Meisterschule, mein Bruder hatte nach einer Universität gesucht. Als ich die Nachricht aus Stuttgart erhalten hatte, dass mein Bruder an der Universität angenommen wurde, war ich überglücklich, dass er kein Jahr verlieren würde. Obwohl ich daran dachte, dass er von uns getrennt sein würde, war es mir nicht ganz klar. Denn ich wollte nicht an seine Abwesenheit denken, *wie könnte ich diese bewusste Trennung ertragen?*

Wir begannen, über das Internet nach einer kleinen Wohnung in der Nähe der Universität für meinen Bruder zu suchen. Es war schwierig, eine Wohnung zu finden, noch schwieriger war es, eine Wohnung in einer Großstadt zu finden, vor allem in bestimmten Stadtteilen. Auch die Mieten waren sehr hoch, obwohl die Quadratmeterzahl der Wohnungen gering war. Was einem widerfuhr, musste man aushalten. Sie können nichts dagegen tun.

In diesen ersten sechs Monaten kam ich weder bei der Arbeit noch zu Hause aus dem Prüfungsstress heraus. Es passierten sogar Dinge, die ich nicht erwartet hatte. Nennen Sie diesen Beruf nicht einfach nur Friseurin, es war, als würde ich mein Doktortitel erwerben. Was hatten wir Friseure mit der Anatomie zu tun? Nur weil wir kosmetische Hautpflege durchführten. Nun, es war ein zufriedenstellender Beruf.

Meine Chefin hatte mir sehr geholfen, aber meine anderen Kollegen waren nicht sehr interessiert. Da ich die erste Mitarbeiterin war, die die Meisterschule besucht hatte, wurden die anderen kalt und hielten sich von mir fern. Meine Chefin sagte: »Mir ist es lieber, wenn Sie mit Ihren Modellen im Salon arbeiten, dann können Sie sich in Ruhe um Ihre Theorie kümmern.« Sie war herzlich und hilfsbereit.

Es war jedoch meine private Entscheidung, die Meisterschule zu besuchen, sie hatte nichts mit meinem Arbeitsplatz zu tun. Schließlich wollte ich das wirklich für mich selbst tun. Wenn man einen Schritt vorwärts in der Bildung und Entwicklung machen kann, war das eine gute Sache. Hindert die Menschen nicht daran, die das tun wollen ... Faulheit ist keine gute Angewohnheit. Meine Chefin pflegte zu mir zu sagen, - obwohl sie es gar nicht tun musste:

»Du wirst dich eine Weile von den Kunden fernhalten, lass die anderen Arbeiten und fang an, an deinen Modellen für die Prüfungen zu lernen.«

Sie betonte dieses Muster immer wieder, und das gab mir viel Kraft. »Wir werden gemeinsam noch viele Erfolge erzielen, wir werden viele Projekte zusammen haben«, sagte sie und munterte mich mit solchen Worten auf.

In dieser intensiven und schwierigen Phase erhielt ich viel Unterstützung von meiner Familie. Ich hatte keine Angst mehr vor der schriftlichen Prüfung wie in den ersten Tagen, sondern erlebte eine spannende Situation.

Auch Suat hatte sich dem Prüfungswesen gewidmet. Wie ich vorausgesagt hatte, war im Haus nicht einmal ein Klicken zu hören. Wir alle würden diese Zeit überstehen. Schlussendlich hatte ich die schriftliche Prüfung bestanden, und drei Wochen später sollte ich meine handwerklichen Fähigkeiten einzeln vorstellen. Daran hatte ich hart gearbeitet.

Zuerst hatte Suat die Nachricht erhalten, dass er bestanden hatte, noch vor mir. Nachdem zwei Wochen vergangen waren, erhielt ich auch die Nachricht.

Ja, ich hatte meinen Meisterbrief erfolgreich erworben, eine große Last war von mir abgefallen. Als die Zeugnisse und Urkunden verteilt wurden, wurde ich wie die anderen zukünftigen Meister Absolventen auf das Podium gerufen. Sie überreichten mir einen Blumenstrauß, eine Leistungs- und

Anerkennungsurkunde, meine Zeugnisse und mein Zertifikat über die bestandene Prüfung. Ich war sehr glücklich, es war ein sehr schönes Gefühl. Es war eine sehr schwierige Phase, aber Gott sei Dank hatte ich sie überwunden.

Meine Chefin ließ meinen Arbeitsvertrag ändern und wollte mich offiziell als Meisterin einstellen. Mein Gehalt sollte erhöht werden. Das Gehalt eines Friseurs mit Meistertitel war nicht so hoch wie andere meinen. Meine anderen Kollegen waren darüber überhaupt nicht glücklich, das war in jeder Hinsicht offensichtlich, und sie ließen mich das spüren.

Meine Chefin erzählte mir, dass sie an einem Arbeitstag ein Treffen mit uns allen beim Abendessen oder Frühstück geplant hatte.

»Jeder soll den Tag, der ihm passt, auf einen Zettel schreiben und ihn in meinem Büro abgeben«, forderte sie alle auf. Wir hatten alle genau das getan, was sie verlangt hatte. Für den nächsten Mittwochabend nach Feierabend reservierte sie für uns einen Tisch in einem griechischen Restaurant. Plötzlich verließ unsere Chefin den Friseursalon und in aller Eile. Es war offensichtlich, dass sie sich erst um andere Dinge, als um das Treffen kümmern musste.

Am Abend rief meine Chefin auf meinem Mobiltelefon an. Ich nahm das Gespräch an und war erstaunt.

»Hallo Yasemin, wo bist du?«, erkundigte sie sich. Schnell erklärte ich, dass ich einkaufen war und noch nicht zu Hause war, daraufhin sagte sie mir, dass sie in einer Stunde bei mir sein würde. Sie hatte etwas mit mir zu besprechen, sie war bereits auf dem Weg. »Ich hoffe, es ist etwas Gutes. Natürlich bist du willkommen, ich werde zu Hause sein«, antwortete ich ihr, bevor ich das Gespräch beendete.

Als ich nach dem Einkaufen nach Hause kam, hatte ich sofort die anderen zu Hause informiert, dass meine Chefin kommt. Unser Haus war sauber wie immer, Gott sei Dank, wir waren nicht gestresst.

Es klingelte an der Tür, meine Chefin war da. Sie war in Eile. Sofort empfing ich sie im Wohnzimmer. Da sie gerne türkischen Tee trank, hatte ich schon vor ihrem Eintreffen Tee gekocht. Alles war bereit, ich hatte mein Porzellanservice herausgeholt und auf dem Tablett angerichtet. Nachdem ich den Tee serviert hatte, sagte ich: »Hier, ich höre Ihnen zu, was ist passiert?« Sie hatte mich im Ungewissen gelassen.

»Meine Mutter hatte einen sehr schweren Schlaganfall, sie liegt im Krankenhaus. Ich kann den Friseursalon meiner Mutter für ein oder zwei Wochen übernehmen, das ist kein Problem. Aber was wird danach mit dem Salon geschehen? Sie hat viele Kunden, ich habe meine Kindheit in diesem Salon verbracht, ich kann es nicht ertragen, ihn zu schließen oder zu übergeben. Ich bringe es nicht übers Herz, das zu tun. Ich kann sagen, dass es wie ein Familienerbstück ist, es bedeutet mir sehr viel.

Der Zustand meiner Mutter ist sehr kritisch, ich weiß nicht, wann sie sich erholen wird! Ich habe sofort an dich gedacht. Du hast deinen Master-Brief fertig. Würdest du eine Zeit lang im Salon meiner Mutter arbeiten? Da du auch andere Aufgaben im Salon übernimmst, werde ich dich auch bezahlen, daran habe ich keinen Zweifel. Wie es mit meiner Mutter vereinbart war, werden wir die Mietsache so fortfahren. Ich bin nicht dafür, irgendetwas in Eurem Vertrag zu ändern«, unterbreitete sie mir.

Mit anderen Worten, die gesamte Verantwortung für den Friseursalon im Erdgeschoss unseres Hauses würde mir gehören, mit allem, was dazu gehörte. In der Tat war dies ein sehr guter Schritt für mich und eine sehr gute Gelegenheit. Ich wollte mich auf eine andere Art und Weise weiterbilden und neue Erfahrungen sammeln, und ich wollte diese Verantwortung genießen.

Da meine Arbeitgeberin dieselbe bleiben würde, zögerte ich nicht lange und nahm ihr Angebot gerne an. Außerdem war es nur eine Treppe von meinem Haus entfernt. Was könnte besser sein als dies! »Kein Problem, ein so nettes Angebot nehme ich gerne an«, erwiderte ich.

Zum Schluss drückte ich meine Genesungswünsche und meine Trauer um ihre Mutter aus. Dann erklärte ich, wie wichtig es war, in schwierigen Zeiten zusammenzuhalten.

»Ich danke dir, Yasemin, dass du mich in diesen schweren Tagen nicht allein lässt. An unserem Treffen werde ich die Mitarbeiter des Friseursalons meiner Mutter auch einladen.

Wir werden unser Treffen als großes Team fortsetzen. Ich werde auch die anderen Mitarbeiter über diese Änderung in einer Ansprache an diesem Tag informieren. Ich werde Ihnen erklären, dass ab dem Tag deines Antritts die Verantwortung für den Salon und der Mitarbeiter bei Ihnen liegt und an den Tagen, an denen ich nicht erreichbar bin, auch die Verantwortung für meinen eigenen Salon bei Ihnen liegt. Es wird besser sein, wenn Sie es zuerst von mir erfahren«, erklärte sie.

Dann verging die Zeit wie im Flug. Am Tag des Treffens erwähnte meine Chefin einige der Veränderungen, die sich ergeben würden. Einige Leute waren mit diesen Änderungen und der mir zugewiesenen Position als Meisterin überhaupt nicht zufrieden. Es gab auch einige, die dagegen zu sein schienen. Das waren Leute, die nichts mit dem Handwerk zu tun hatten und nur ein persönliches Problem mit mir hatten.

Meine Chefin wunderte sich über diese Verweigerer. »Ich habe nicht nach Ihrer Meinung gefragt, ich habe nur meine Entscheidung und die Veränderungen, die von nun an stattfinden werden, dargelegt. Es liegt an Ihnen, ob Sie es akzeptieren oder nicht. Solange Sie in meinem Salon arbeiten, müssen Sie das akzeptieren. Andernfalls geben Sie mir eine schriftliche Erklärung ab, dass Sie Ihren Arbeitsplatz aufgeben wollen. Wie Sie gehört haben, hatte meine Mutter einen Schlaganfall und liegt im Krankenhaus. Ich brauche in diesen Tagen diejenigen, die mich unterstützen, und ich habe nicht die Kraft, mit denen umzugehen, die das nicht tun«, sprach sie hart.

Mit anderen Worten: Entweder Sie akzeptieren oder Sie akzeptieren nicht! Wenn nicht, ist das euer Problem, sagte sie kurz und höflich.

Die Mitarbeiter des Salons ihrer Mutter waren mit dieser Entscheidung zufrieden. Es gab keine Probleme mit ihnen. Das Problem waren diejenigen, die eifersüchtig auf mich waren und mich nicht ausstehen konnten. Meine Chefin hatte ihnen bereits die Antwort gegeben. Nach der Bekanntgabe der neuen Entscheidungen begann ich als Meisterin im Salon ihrer Mutter zu arbeiten. Von nun an würde mein Arbeitssystem ganz anders sein. Sie sagte mir, dass sie in den ersten Tagen öfter in den Friseursalon kommen würde und dass sie mir in den ersten Tagen andere Themen wie Buchhaltung, Einnahmen und Ausgaben zeigen würde. Es dauerte nicht lange, da hatte ich die Verantwortung komplett übernommen.

Da ich zuvor einen Tag in der Woche im Salon ihrer Mutter gearbeitet hatte, kannte ich das Arbeitssystem dieses Salons und begann meine neue Tätigkeit ohne Schwierigkeiten. Nach etwa zwei Wochen kam die Nachricht vom Tod ihrer Mutter. Obwohl sie froh war, diese Änderung im Voraus organisiert zu haben, machte meine Chefin eine sehr schwierige Zeit durch.

Meine Chefin hatte auch den Friseursalon ihrer Mutter nicht unbenannt. Das Haus, in dem wir wohnten, war nun ihr Erbe. Sie hatte keine unserer früheren Vereinbarungen mit ihrer Mutter geändert. Es ging genau so weiter wie bisher. Ich war für meine Arbeit und meine Aufgaben zuständig, und mein Meisterbrief hing nun an der Wand im Eingangsbereich des Friseursalons. Meine Preise aus allen Wettbewerben waren ebenfalls am Eingang des Salons ausgestellt.

Wenn Sie sich erinnern, waren wir auf der Suche nach einer Wohnung für Suat. Er hatte sein Studium begonnen, aber wir hatten noch keine passende Wohnung gefunden. Er sagte, er könne in einem Studentenwohnheim wohnen, bis er eine gefunden habe. Sowohl Suat als auch ich wollten das nicht. Drei bis sieben Studenten nutzten einen Raum. Duschkabinen und Toiletten wurden gemeinsam genutzt. Das war keine schöne Atmosphäre. Nach etwa zwei Monaten fanden wir eine kleine Wohnung, die geeignet war und in der Nähe der Universität lag. Da sie Suat gefallen hatte, wurde der Vertrag unterschrieben und mein Bruder wohnte seither dort, da er in Stuttgart studierte.

Er musste insgesamt acht Semester studieren, also insgesamt vier Jahre. Wann immer es möglich war, kam er an Feiertagen und Wochenenden nach Hause.

Nach ihrem letzten Abiturjahr ging Kiraz, genau wie ihr Bruder, auf eine Vorbereitungsschule für die Universität. Diese Phase war sehr wichtig für ihre Zukunft. Wir betonten dies sehr genau.

Gab es etwas Besseres, als zu lernen und sich weiterzubilden? Ich verstehe die Leute überhaupt nicht, die im Weg waren und im Weg sein wollten. Wer lernen will, soll es tun. Anstatt eine ignorante und ungebildete Gesellschaft zu sein, war es besser, dem Land und der Gesellschaft nützlich zu sein. Sie war notwendig. Man musste zuerst lernen, sich entwickeln und bilden!

Wir hatten weiterhin regelmäßig unseren Urlaub in der Türkei verbracht. In dieser Hinsicht hatte sich unser Alltag nicht geändert. So weit wie möglich hielt ich meine beiden Geschwister vom Alltagsstress fern und zog es vor, dass sie sich nur auf ihre Schulbildung konzentrierten.

In der Zwischenzeit hatte ich über meinen Anwalt ein Pfandrecht auf das Haus meiner Tante bekommen. Keinen von ihnen ließ ich vom Haken. Selbst inmitten meiner Arbeit und meiner täglichen Hektik wollte ich diese Angelegenheiten auf keinen Fall auf morgen verschieben. Ihr Haus wurde versteigert, dadurch verloren sie ihr Haus zu einem sehr niedrigen Preis. Wenn die Rechte der Waisen und Waisenkinder ausgenutzt werden, wird Gott sie nicht damit davonkommen lassen? Also hatte ich ihnen ihr Haus, einschließlich Möbel, ihre Ausstattung und ihre Autos genommen.

Fünfundsiebzigtausend Euro war alles, was ich herausschlagen konnte. Der Rest wurde in monatlichen Raten gezahlt. Jeden Monat überwiesen sie die Raten auf das Konto meines Anwalts, den ich sofort auf sie angesetzt hatte, damit ich mit dem Geld meine Meisterschule bezahlen konnte.

Dann hatte ich mir selbst ein kleines Auto gekauft, denn ich brauchte dringend ein Auto für meine Arbeit. Manchmal ging ich auch einkaufen, statt zu bestellen, kaufte ich das Friseurmaterial selbst ein. Damals gab mir meine Chefin ihr Auto.

Wir kamen irgendwie zurecht, aber es war keine dauerhafte Lösung. So war es besser, ich war sehr froh, dass ich damals meinen Führerschein gemacht hatte.

Damit Suat besser zu Recht kam, hatte ich eine kleine Küche gekauft und in seiner Wohnung einbauen lassen. Zusammen mit meinem Bruder teilten wir uns die Miete von Suats neuem Heim. Wir wollten uns auch an den Kosten für Kiraz' Universitätsausbildung beteiligen. Suat hatte heimlich nebenbei angefangen zu arbeitet, damit er mir nicht zu sehr zur Last fiel. Einmal weigerte er sich, das Geld anzunehmen, dass ich ihm geschickt hatte, und schickte es auf mein Konto zurück.

Als ich ihn anrief und fragte, warum das Geld wieder auf mein Konto überwiesen wurde, erklärte er: »Ich arbeite, ich habe einen Job gefunden, du wirst zu sehr mit der Miete und anderen Ausgaben belastet. Gott sei Dank, kann ich arbeiten, ich will die Ausgaben außer der Miete von nun an selbst übernehmen.« Die Entscheidung traf mein Bruder, er war derjenige, der es am besten wusste, aber ich bestand darauf,

dass er es nicht tun sollte. Aber vergeblich ... Es war sinnlos ... Er war davon besessen ... Ein paar Monate lang würde ich diese Idee sowieso nicht aus seinem Kopf bekommen können, so ließ ich ihn.

Heute, genau drei Wochen später, wurde meine Tante mütterlicherseits aus dem Gefängnis entlassen. Vier Jahre und sechs Monate waren vergangen. Die Zeit verging wie im Flug.

Wir hielten unsere Adresse immer noch geheim. Keiner der Briefe, die mein Anwalt an sie geschickt hatte, enthielt unsere Adresse oder irgendwelche Informationen über uns. Darauf hatte ich zu unserer eigenen Sicherheit bestanden.

Mittlerweile hatte ich erneut Strafanzeige gegen den Ehemann meiner Tante väterlicherseits erstattet, nachdem sie bei uns eingezogen war. Nach dieser Strafanzeige wurden drei weitere Jahre und fünf Monate zu seiner Strafe hinzugefügt. Mein Schwager sollte also viele Jahre im Gefängnis verbringen. Das war eine sehr beruhigende und gute Nachricht.

Wie konnte er mich sexuell missbrauchen und nicht bestraft werden?

Niemand konnte gegen meinen Willen Hand an mich legen. Das sollten sie nicht ... Ich denke, das Gesetz sollte in dieser Angelegenheit härter sein.

Wenn sie eine Behandlung brauchten, dann sollen sie behandelt werden ... Niemand hatte etwas dagegen, denn wenn sie eine gesunde Seele hätten, würden solche und ähnliche Menschen jemals solch schreckliche Verbrechen begehen? Das glaube ich nicht, ich war für ihre Bestrafung. Mein Schwager wurde für die Misshandlungen, die er mir zugefügt hatte, bestraft, und ich war froh darüber.

Meine Tante lebte noch heute bei uns. Wir lebten also alle unter demselben Dach.

Eine starke Frau bedeutet; eine gute Zukunft!

KAPITEL 29

Meine Chefin und ich nahmen immer noch an Wettbewerben teil. Aus dieser Zeit hatte ich Pokale, bis hin zu Weltmeisterschaften errungen. Das gab mir mehr Selbstvertrauen und Sicherheit in meiner Arbeit. Von diesen Wettbewerben hatte ich sehr profitiert. Wir hatten als Salonteam an Messen teilgenommen und waren auf der Bühne aufgetreten. So war meine Chefin, die sich gerne weiterbildete und weiterbilden möchte ...

Vor genau einer Woche rief mich meine Chefin am Ende des Arbeitstages auf meinem Mobiltelefon an. Sie wollte mich dringend wiedersehen, daher fragte sie, wann ich Zeit hätte. Zwei Tage später schlossen wir beide abends die Salons ab und trafen uns in einem nahegelegenen italienischen Restaurant. Während wir etwas tranken, kam sie sofort zur Sache und sagte mir, dass sie den Salon abgeben wollte, dass sie das Haus an mich verkaufen wollte, wenn ich einverstanden sei, und dass es ihr zu anstrengend und kostspielig sei. »Ein Salon reicht mir, der andere hat mich ehrlich gesagt, ein bisschen müde gemacht«, gestand sie.

Ohne ihren Blick von mir abzuwenden, fragte sie: »Ja, Yasemin, was sagst du dazu? Das ist auch für dich eine gute Gelegenheit! Der Salon ist schön und läuft gut, du hast Angestellte, die ihre Arbeit ordentlich machen und keine Probleme verursachen. Denk in Ruhe darüber nach und teil mir deine Entscheidung bis Ende der Woche mit.«

Das war eine gute Idee und ein wirklich tolles Angebot. Natürlich gab ich an diesem Tag keine Antwort. »Ich werde dir meine Entscheidung mitteilen, nachdem ich darüber nachgedacht habe«, erwiderte ich. Meine Chefin kam natürlich vorbereitet. Sie hatte alles mitgebracht, was sie für das Haus und den Salon an Unterlagen hatte. So hatte sie mir drei Ordner überreicht, damit all meine Fragen beantwortet werden konnten.

»Weißt du, ich habe vor meiner Mutter schon meinen Mann verloren. Wenn mein Mann noch gelebt hätte, wäre ich in der Lage gewesen, damit fertig zu werden. Aber in dieser Situation bin ich allein. Ich habe ein eigenes Haus. Nach dem Tod meiner Mutter und meines Ehemannes bin ich definitiv nicht in der Lage, einen zweiten Salon und das Haus, in dem ihr lebt, zu tragen. Am besten geeignet und angemessen für mich bist du und deine Familie. Ich würde es niemand anderem anbieten. Ich würde so weitermachen, bis es nicht mehr geht. Aber eine vertrauenswürdige Person, wie du es bist, die seit Jahren bereits in meinem Geschäfts- und Privatleben präsent ist, traue ich. Ich weiß, wer du bist. Zweifel besteht nicht daran. Du bist am besten für mich geeignet, das sollst du wissen«, gestand sie mir.

In der Tat überstieg der Verkaufspreis des Hauses in seinem derzeitigen Zustand zweihundertsiebenunddreißigtausend Euro. Wenn dann noch die Friseursalon Einrichtung hinzukommt, steigt diese Zahl natürlich noch ein wenig an. Der Gesamtpreis betrug derzeit zweihundertfünfundneunzigtausend Euro. »Aber ich habe nicht die Absicht, dieses Geld von dir zu nehmen. Vom ersten Tag an, an dem du deine Stelle bei mir angetreten hast, bis heute hast du mich nie im Stich gelassen, sondern mich in jeder Hinsicht unterstützt.

Meine Großeltern kauften dieses Haus, sie waren die ersten, die einen Friseursalon betrieben. Dann übergaben sie den Salon an meine Mutter, und meine Großmutter und mein Großvater wohnten weiterhin im oberen Stockwerk des Hauses. Zuerst starb meine Großmutter, dann mein Großvater kurz darauf. Meine Mutter hatte ein eigenes Haus. Sie lebte viele Jahre lang in ihrem eigenen Haus. Sie kümmerte sich nicht um einen Mieter oder führte Reparaturen durch. Als ich merkte, dass es nicht funktionierte, ließ ich das Haus sanieren. Es wurde bewohnbar, dann bist du eingezogen. Vom Hauseingang bis zum Garten, überall hast du und deine Familie gearbeitet. Ihr kümmert euch gut und sorgfältig um das Haus. Ich brauche dieses Haus nicht, aber du brauchst es. Deshalb möchte ich mit dir einen großen Schritt machen, ich warte jetzt nicht auf deine Antwort. Überlege gut und gebe mir bis Ende dieser Woche deine Antwort.

Ich verlange von dir nur neunzigtausend Euro!«, schlug sie vor.

Die neunzigtausend Euro, die sie verlangte, waren nichts. Es war wirklich offiziell, nichts. Am nächsten Morgen, bevor ich zur Arbeit ging, besprach ich die Angelegenheit sofort mit meinem Anwalt. Meine Chefin hatte mir die Unterlagen des Hauses für den Fall gegeben, dass ich etwas nachforschen wollten. Mein Anwalt forderte mich auf, die Unterlagen sofort per E-Mail zu übermitteln, was ich auch tat.

»Wenn du kannst, Yasemin, lass dir diese Gelegenheit nicht entgehen. Selbst wenn es versteigert würde, würde dieses Haus in einem solchen Zustand nicht für neunzigtausend Euro verkauft werden. Der Preis würde bei einer Versteigerung auf mindestens zweihundertzehntausend Euro fallen. Nehmen wir an, es sind zweihunderttausend Euro, und Sie können davon ausgehen, dass Sie mit neunzigtausend Euro von diesem Geschäft profitiert haben. Warten Sie nicht, nehmen Sie es. Das ist eine einmalige Gelegenheit, Yasemin, verpassen Sie sie nicht, wenn Sie vernünftig sind, schnappen Sie sich das Haus sofort«, riet er mir.

Abends nach der Arbeit hatte ich mit meinen Geschwistern und meiner Tante darüber gesprochen. Genau wie mein Anwalt sagten sie immer wieder: »Das ist eine einmalige Gelegenheit«. Obwohl ich nie an so etwas gedacht hatte, war es das einzige Thema, an das ich denken konnte. So hatte ich mit meinem Bruder gesprochen, denn seine Meinung war mir auch wichtig.

Ohne lange zu überlegen, sagte er: »Kauf das Haus!« Sie hatten alle zugestimmt. Es lag an mir. Durch die Strafe meiner Tante erhielt ich insgesamt fünfundsiebzigtausend Euro. Durch die Schul- und Bildungskosten meiner Geschwister, die letzten verbleibenden Raten der Meisterschule und der Hausrat meines Bruders – blieben mir fünfundsechzigtausend Euro übrig. Obwohl mein Bruder anbot: »Ich werde den Rest ausgleichen«, hatte ich das nicht akzeptiert.

So rief ich meine Bank an und vereinbarte einen Termin in meiner Mittagspause. Ich ging vorbereitet hin, auch der Bankangestellte war auf unseren Termin vorbereitet, denn ich hatte ihm bereits am Telefon gesagt, dass es um einen Kredit ging. Sobald ich ankam, begannen wir mit dem Verfahren.   Genau fünfundzwanzigtausend Euro brauchte ich, um das Geld für das Haus zu beschaffen. Ich hatte bei der Bank einen Kredit von fünfzigtausend Euro beantragt. Nachdem mein Kredit bewilligt wurde, wurde das Verfahren zur Übertragung des Hauses auf meinen Namen eingeleitet.

Nun war ich Besitzer eines Hauses und eines Arbeitsplatzes.

*Manchmal müssen die Dinge zuerst schief gehen,
bevor sie besser werden.*

KAPITEL 30

In letzter Zeit hatte ich keine freie Minute. Ich hatte es außerordentlich eilig. Den Weg, den ich ging, war sehr arbeitsreich. Abends nach der Arbeit, erledigte ich auch die Buchhaltungsarbeiten zu Hause. Es war nicht vorhersehbar, ob ich in der Lage war, die Verantwortung für die getroffenen Entscheidungen zu tragen oder nicht. Wann immer es möglich war, versuchte ich, diese Aufgaben bei Zeiten zwischen der Arbeit im Salon zu erledigen, damit sich meine Arbeit nicht auf meine private Zeit ausdehnte. Sehr schnell schaffte ich es, was mit der Arbeit zusammenhing, während der Arbeitszeit zu erledigen.

Mit meiner ehemaligen Chefin hatte ich immer noch zu tun. Manchmal, wenn ich in die Türkei reiste, kam sie sogar mit. Sowohl privat als auch im Arbeitsleben verkehrten wir miteinander. Sie kam auch, als ich alleine reiste, um sich den Salon anzusehen, den ich führte, und ich ging in ihren Salon. Nach einer gewissen Zeit befand ich mich in einer Beziehung der Zweisamkeit. Wir hatten uns sehr gut verstanden. Alles hatte sich auf diese Weise spontan entwickelt.

Seit etwa einem Jahr betrieb ich meinen Friseursalon. Aber ich hatte nie daran gedacht, den Namen des Salons zu ändern. Wir hatten jetzt eine Routine entwickelt. Kiraz hingegen studiert weiterhin ihre Vorbereitungsjahre an der Universität. Sie hatte noch ein Jahr bis zum Abschluss. Suat hatte noch eineinhalb Jahre Zeit, um sein Studium abzuschließen. Zuerst sagte ich, es sind vier Jahre, jetzt waren es nur noch eineinhalb Jahre. Während der Ferien arbeitete Suat bei meinem Bruder in der Holding.

Er hatte damit begonnen, den Grundstein für sein Vorstudium zu legen und hatte eine gute Position in unserer Holding und einen Job vor Ende seiner Studienzeit.

Jedoch war Kiraz eher unentschlossen, was sie werden wollte oder was sie studieren wollte. Sie schwankte zwischen zwei Möglichkeiten hin und her, denn eigentlich wollte sie beides sehr gerne machen. Einmal wollte sie beeidigte Übersetzerin in ihrer Muttersprache werden, zum anderen aber auch in Englisch. Sie sprach auch akzentfrei Deutsch. Dazu wollte sie sich in Fremdsprachen weiterbilden. Sie konnte Englisch sprechen wie ein/e Engländer/in. Ich war stolz auf beide. Beide waren in meinen Händen aufgewachsen, in meinen Armen mit der Zuneigung einer Mutter, aber ich hatte nicht das Recht, ihnen wichtige Entscheidungen über ihre Zukunft abzunehmen. *Wie konnte ich die beiden behindern, wenn ich mich um ihr Wohlergehen bemühte?*

Von gestern bis heute war also eine Menge Zeit vergangen.

Während ich vorher im Leben gekämpft hatte, hatte ich nun meinen Kampf überwunden und lebte ein Leben voller Frieden, mit Menschen, die ich liebte und denen ich vertraute. Ich erlebte sehr schöne Entwicklungen und kam mit meinen Schritten immer weiter voran. Obwohl meine Wunden von Zeit zu Zeit bluteten und wieder wehtaten, wollte ich nicht in die alten Jahre zurückkehren. Das würde ich nicht mehr zulassen, denn ich war jetzt stärker, ich war nicht mehr die alte Yasemin.

Niemand würde mich mehr verletzen. Niemand würde meine aufrechte Haltung verbiegen, dazu war ich fest entschlossen. Auch wenn es wehtat, würde ich es nicht zulassen, ich würde mich stärker schützen, ohne wieder ein Opfer zu werden. Unfälle, konnte man nicht hervorsehen, das war etwas anderes.

Möge Gott jeden von uns - uns alle - vor diesen Tagen schützen (Ameen).

Ich erfuhr, dass meine ehemalige Chefin an Brustkrebs erkrankt war. Darüber war ich sehr traurig, ich wollte sie nicht allein lassen. Sie wurde operiert, eine ihrer Brüste wurde entfernt. Wenig später, nachdem sie sich einer Chemotherapie unterzogen hatte, waren ihr nach und nach die schönen Haare ausgefallen. Diese Krankheit hatte sie erschöpft. Außer ein oder zwei Verwandte gab es niemanden mehr in ihrer Familie. Es war nicht genug, aber sie hatte nicht einmal einen Bruder oder eine Schwester. Während sie ganz allein mit dieser Krankheit kämpfte, wurde sie erneut operiert und auch ihre zweite Brust wurde entfernt. Sie hatte stark abgenommen, sie akzeptierte sich selbst nicht in diesem Zustand. Die Verantwortung für die beiden Salons wurde mir übertragen. Sie ließ eine Vollmacht ausstellen und unterschreiben, damit ich alle Entscheidungen bezüglich ihres Salons treffen konnte. So sehr hatte sie mir vertraut.

Ohne es zu merken, hatten wir ein kleines, aber schlagkräftiges Team gebildet. Sie hatte auch einen Sohn. Wir trafen uns eines Tages nach der Arbeit. Der Zustand seiner Mutter war zu diesem Zeitpunkt sehr ernst. Ich wollte mit ihm persönlich tiefer über diese Themen sprechen.

Seine Mutter hatte immer gewollt, dass er eine Meisterschule besuchte und einen Meisterbrief erwarb. Niemand konnte sie in Bezug auf Selbstvervollkommnung und Bildung übertreffen. Dieses Verhalten hatte sie auch beibehalten und ihrem Sohn immer wieder gesagt: »Komm schon, mein Sohn, du wirst es in Zukunft brauchen, tu es, tu es, tu es.« Das ist keine Lüge, das ist eine Tatsache! Er war nie interessiert. Er hatte auch nicht das Bedürfnis, sich an einer Meisterschule einzuschreiben.

Nachdem der Kaffee serviert worden war, öffnete ich, Gott war mein Zeuge, den Mund und schloss die Augen. Wir waren in ein Gespräch vertieft. Er war ein Mensch, der mich sehr respektierte. Obwohl er damals der Sohn meiner Arbeitgeberin war, hatte er bis heute keine Einwände, wenn ich im Salon das letzte Wort hatte. Außerdem war er nicht derjenige, der es zum Punkt gebracht hatte, denn ich brachte es auf den Tisch. Auf diese Weise beruhte die Kommunikation auf Gegenseitigkeit.

Plötzlich holte er tief Luft und stützte sich mit den Ellbogen auf dem Tisch ab, dann sagte er: »Okay, ich melde mich an der Meisterschule an.« Das war alles, sonst sagte er nichts, und ich hatte ihn nie um etwas anderes gebeten.

Wieder erlebte ich einen Wendepunkt, wieder spürte ich, dass sich etwas in meinem Leben ändern würde. Meine ehemalige Chefin hatte aufgehört zu kämpfen, weil sie sich in diesem Zustand nicht akzeptierte. Sie war in sehr schlechter Verfassung. Als ich sie eines Abends im Krankenhaus besuchte, erzählte ich ihr, dass ihr Sohn sich an der Meisterschule einschreiben wollte, die Einschreibeunterlagen ausgefüllt und abgeschickt hatte. »Das ist eine gute Nachricht, ich bin sehr froh darüber«, flüsterte sie schwach. Dann gab sie mir einen Umschlag. »Bitte öffne ihn zu Hause und sehe es dir in Ruhe an«, bat sie mich schwächelnd.

Sie setzte sich leicht auf.

»Yasemin, ich habe etwas mit dir zu besprechen. Bitte, hör mir erst zu! Schau her, wie weit wir gekommen sind, Yasemin. Wo wir gestern waren und wo wir heute sind. Ich habe gesagt, als ich dich das erste Mal gesehen habe, dass dieses Mädchen etwas hat, und ich hatte recht. Yasemin, es ist ein großer Reichtum für mich, dich zu kennen. Ich habe viel von dir gelernt, auch wenn ich es nicht gesagt habe. Ich habe gute Menschkenntnisse. Du bist sehr fleißig, entschlossen und ehrgeizig. Wenn man ein Ziel hat, lässt man es nicht aus den Augen. Man bemüht sich, bis man sein Ziel erreicht hat. Ich bewundere dich und bin froh, dass ich die Gelegenheit hatte, dich kennenzulernen. Du bist ein Freund, den man an schlechten Tag zur Seite hat. Du hast dir einen Platz in den Herzen unserer Familie geschaffen, du hast dich beliebt gemacht. Du bist einer von uns, das weißt du. In dieser kurzen Zeit bist du einer meiner engsten Freunde geworden. Wir teilten unsere Arbeit, unsere Geschäfte, vertrauten uns und gaben uns gegenseitig Rückendeckung.

In meinem Friseursalon ist sehr viel los, ich lege immer Wert auf Komfort. Leider kann ich meinem Sohn in dieser Hinsicht nicht vertrauen. Mein Sohn versucht seit Jahren, mich dazu zu bringen. Kurz gesagt, er hat mich müde gemacht.

Er hat mich unnötig arbeiten lassen. Ich vertraue meinen Friseursalon niemandem außer dir an. Ich war sehr gut zu dir. Die Möbel in meinem Salon kosten nicht weniger als hundertachtzigtausend Euro, es ist ein glänzender, hölzerner und hochwertiger Salon. Du selbst hast eine Zeit lang für mich gearbeitet. Einhundertfünfundzwanzigtausend Euro kann man im Durchschnitt für die Materialien rechnen. Spezielle Hochglanzfliesen, das weißt du besser als ich, Yasemin. Du weißt sehr gut Bescheid über meine Kunden, Einnahmen und Ausgaben.

Aber ich habe das alles nicht im Blick, denn ich habe mein Leben in vollen Zügen genossen und nach bestem Wissen und Gewissen sowohl meinen Sohn als auch meine Mutter am Leben erhalten. Ich hatte immer ein schönes und reiches Leben, habe nie in Armut gelebt.

Das Einzige, worum ich dich bitte, ist, weil mein Sohn, wenn ich sterbe, verwaist sein wird. Sei eine Familie für ihn. Wir kommen alle gut miteinander aus. Ich habe mit meinem Sohn gesprochen, er weiß, dass ich mit dir über diese Themen sprechen werde. Du weißt, dass wir keine Miete für den Laden zahlen, weil er uns gehört. Für das Innere des Ladens möchte ich zehntausend Euro von dir. Ich übergebe es dir so, wie es ist. Das kannst du aus der notariellen Beglaubigung im Umschlag ablesen.

Ich bin zwar kein Muslim, aber ich glaube, dass Allah ein und derselbe ist. Ungerechtigkeiten, die Menschen zugefügt werden, dürfen nicht von denselben Menschen erwidert werden. Vielleicht hat Allah es mir ermöglicht, dir diese Dinge zurückzugeben, weil du sie verdient hast. Warst du nicht diejenige, die gesagt hatte, dass nichts zufällig oder ohne Grund geschieht?

Mein Sohn hatte keine Einwände gegen meine Entscheidung, er hat nicht einmal darüber geredet. Schließlich bin ich diejenige, die die Entscheidung trifft, und er hat meine Entscheidung respektiert. Ich bitte dich nicht um zehntausend Euro im Voraus. Bitte lass meinen Sohn während der Meisterschule nicht allein und lasse ihn nach der Schule auch nicht allein. Schafft eine Familie zwischen euch. Bitte lass ihn nicht allein!«, flehte sie mich an.

Nach diesen letzten Worten begann meine ehemalige Arbeitgeberin leise zu weinen und seufzte traurig und zurückgezogen. Sie weinte nicht wegen ihrer Krankheit, sondern wegen der Tatsache, dass ihr Sohn allein zurückbleiben würde. Natürlich war ich auch sehr traurig. Die Ereignisse überschlugen sich, dass es kaum zu glauben war.

Aber ich hatte nicht die Möglichkeit, eine Entscheidung zu treffen, da ein solcher Dialog zwischen uns stattgefunden hatte. Es war, als ob Entscheidungen getroffen worden wären. Sie saß auf dem Bett und sah alt aus. Sie hatte ihr Gesicht vor mir versteckt, weil sie geweint hatte. Während ich ihr zuhörte, saß ich auf dem Stuhl am Fußende des Bettes und hielt mit einer Hand ihre Hand. Bedächtig stand ich auf, öffnete meine Arme und umarmte sie ganz fest. Meine Kehle war wie zugeschnürt. Ich sah mich mit Neuerungen konfrontiert, mit denen ich nie gerechnet hatte. »Ich habe keine Bedenken mehr und kann meine Augen für immer und ewig schließen«, hauchte sie gefühlsmäßig. Darüber war ich gerührt.

Auch wenn ich mir immer wieder sagte: »Sei stark, bleib stark, du musst stark sein«, war es vergeblich. Es war zu spät. Meine Tränen begannen in Strömen zu fließen. Schon lange hatte ich nicht mehr geweint. In der Atmosphäre in diesem Moment hatte ich nicht die Kraft, meine Gefühle zu unterdrücken. Aber ich wollte es auch gar nicht, um ehrlich zu sein. Wir waren keine Maschinen, wir waren schließlich Menschen. Wir müssen von Zeit zu Zeit unsere Gefühle einbeziehen.

Die Besuchszeiten des Krankenhauses waren vorbei, es war bereits geschlossen. Wir waren so vertieft, dass ich an diesem Abend eilig zusammenpacken und gehen musste. Nach diesem letzten Besuch war ich nicht mehr ganz bei mir. Gott weiß, in welchem Zustand ich nach Hause kam.

Sobald ich das Haus betrat, fragte meine Tante: »Was ist los, meine Liebe? Was ist mit dir los? Was ist mit meiner Schönen passiert?« Als ich diese Frage hörte, begann mein Kinn leicht zu zittern. Ich konnte die Gefühle aus dem Krankenhaus nicht abschütteln. Der Name meiner ehemaligen Arbeitgeberin war Claudia. Tag für Tag verblasste sie vor meinen Augen.

So sprach ich mit meiner Tante, wir gingen in die Küche und setzten uns an den Tisch. Meine Tante hörte mir ruhig zu, ohne mich zu unterbrechen.

Nachdem wir das Gespräch beendet hatten, rief ich meinen Bruder an. Die Entscheidungen waren bereits getroffen, Claudia hatte den Salon auf meinen Namen übertragen. Es wurde im Umschlag notariell beglaubigt. Ich war nicht glücklich darüber, dass der Friseursalon auf meinen Namen lief, Claudias Zustand und ihre Situation überwogen meine Gefühle.

Dann rief ich ihren Sohn Tobias an und bat ihn vorbeizukommen, wenn er Zeit hätte. Er kam am Abend in weniger als einer halben Stunde vorbei. So erzählte ich ihm von meinem Gespräch mit seiner Mutter im Krankenhaus. »Ich habe diese Informationen«, sagte er und nippte an seinem Kaffee. »Wenn du deinen Meisterbrief hast, übergebe ich dir deinen Salon, du kannst ihn führen«, bot ich an.

»Auf keinen Fall, nein!«, war seine harte und entschlossene Antwort. »Und warum nicht?«, erkundigte ich mich. Darauf antwortete er: »Hört denn keiner von euch auf mich? Ich will diesen Beruf nicht ausüben, ich will diesen Job nicht ausüben, ich will diesen Job nicht ausüben. Der Familienberuf wurde uns allen von der Mutter meiner Großmutter eingeimpft und über Jahre hinweg fortgeführt. Während ich seit Jahren darum kämpfe, diese Kette zu durchbrechen, wollen Sie mich immer noch an den Friseursalon binden. Heute haben Sie mich an der Meisterschule eingeschrieben. Ich bin eingeschrieben, ich weiß nicht, wohin das führen wird!«

Während Tobias so sprach, hörte ich zum ersten Mal an diesem Tag, dass ein Kind zu einem Beruf gezwungen wurde. Ich wusste nicht, dass es so war. Als wir unser Gespräch mit Fragen wie: »Was willst du denn machen?«, erweiterten, kamen wir gemeinsam zu verschiedenen Entscheidungen und konnten unser Gespräch an diesem Abend positiv beenden. An diesem Tag war ich so erschöpft, dass ich nicht wusste, wann ich am Abend ins Bett gegangen war.

Drei Wochen später kam die Nachricht von Claudias Tod. Vor Kurzem hatte sie aufgehört zu kämpfen. Wir hatten damals alle eine Menge durchgemacht.

Obwohl Tobias sagte, er wolle die Meisterschule abbrechen, tat er es nicht. Ich dachte, dass unser Gespräch funktioniert hatte, dass er das Gesagte verdaut und noch einmal darüber nachgedacht hatte. Dies waren gute Entwicklungen.

Dadurch dass sich alles spontan entwickelt hatte, besaß ich zwei Friseursalons. Ich wurde in eine sehr große Verantwortung hineingeworfen. Beide Salons waren nicht weit voneinander entfernt. In dieser Hinsicht war das Glück auf meiner Seite. Das erste Jahr war sehr arbeitsreich und anstrengend. Ich akzeptiere das, aber ich hatte es mit Gottes Wille rechtzeitig geschafft, es zu überwinden.

Mein Bruder Suat zählte nun seine Tage an der Universität. Er kam dem Ende von Tag zu Tag näher. Nun war er nicht mehr in der Lage, seinen Kopf von den Prüfungen zu heben. Sein letztes Jahr war ein katastrophales Jahr. Er lernte ständig für seine Prüfungen unter sehr intensiven Bedingungen. In der Zwischenzeit hatte Kiraz ihre Universitätsvorbereitungsjahre abgeschlossen. Alles geschah so schnell. Mittlerweile war ein Jahr vergangen, seit Claudia gestorben war und ich pendelte zwischen den beiden Salons hin und her.

Manchmal tat man nichts, aber alles geschah von selbst. Manchmal versuchte man es und bemühte sich, aber man verschwendete seine Energie vergeblich. Das war alles Schicksal und Glück, das glaube ich.

Tobias hatte die Meisterschule erfolgreich abgeschlossen. Nun hielt er seinen Meisterbrief in der Hand. »Ich bin froh, dass ich nicht abgebrochen habe«, gestand er später, aber er wollte nicht mehr im Friseursalon arbeiten, er hatte das Team verlassen. Später begann er bei der Firma Wella zu arbeiten, die Friseurbedarf herstellten. Seine Arbeit war auch gut und er wurde mit seiner Arbeit warm. Nun gab ich ihm alle meine Aufträge für Friseurbedarf, und wieder fanden wir eine Gemeinsamkeit im geschäftlichen Umfeld. Dann begann er eine Beziehung mit einem jungen, klugen und schönen Mädchen.

Als er unser Leben in der Türkei sah, sagte er: »Bist du dumm, warum gehst du nicht zurück in die Türkei? Du hast ein so schönes Leben, warum lebst du nicht dort?« Nihat und Tobias lernten sich sofort kennen. Als sie ein paar Mal zusammen zur Holding gingen, bot mein Bruder ihm einen Job an. Er teilte seiner Freundin auch mit, dass seine Stelle für Vorstellungsgespräche im Ausland bereit sei. Tobias und seine Freundin (Stefanie/ Spitzname Steffi) blieben eine Weile unter sich, und nach einer halben Stunde sagten sie, sie hätten das Angebot meines Bruders angenommen. Es war unglaublich, ich war sehr glücklich über diese Nachricht. Von wo nach wo ... Wozu auch immer man bestimmt war. Tobias hatte uns nicht verlassen und wir hatten Tobias nicht verlassen.

Beide wohnten bei meinem Bruder, bis sie ihr eigenes Haus in Ordnung gebracht hatten. Tobias, ein Mann von einigem Ansehen, lehnte alle Angebote meines Bruders zur finanziellen Unterstützung ab, und mit seinen eigenen Ersparnissen ließen sie sich in ihrem eigenen Haus nieder. Jeder von ihnen war nun für seine eigenen Angelegenheiten zuständig.

Als Suat dann sein Studium abgeschlossen hatte, folgte er ihnen, weil er sein Leben in der Türkei fortsetzen wollte. Während mein Bruder sich auf ein anderes Geschäftsfeld vorbereitete, sagte mein Bruder zu Suat: »Nein, du wirst bei mir sein. Von nun an werden wir beide, zwei Brüder, diesen Betrieb leiten«, sagte er und legte Suat die Hand auf die Schulter. Um ehrlich zu sein, hatte ich auch nicht erwartet, dass es so kommen würde.

Dann, als die beiden allein im Büro waren, sagte mein Bruder zu Suat: »Bevor unser Vater starb, hatte er alle Verantwortlichen in der Holding angewiesen, mir alles zu zeigen, damit ich so schnell wie möglich alles lernen konnte, und diese Phase war sehr nützlich für mich. Da ich es als nützlich und vorteilhaft empfunden habe, möchte ich, dass du dieselbe Phase durchläufst, denn wir werden auf demselben Niveau sein.«

Mein Bruder Suat fühlte sich sehr geehrt, als mein Bruder so sprach. Er hätte nie gedacht, dass sich alles so entwickeln würde. Wie ich bereits sagte, bekommt jeder Mensch das, was ihm zusteht.

Erneut war ich am Ende meiner Kassette angelangt. Jetzt würde ich eine Zeit lang eine Pause von meinen Aufnahmen einlegen. Bewusst überließ ich mich arbeitsreichen Tagen. Ich hatte zwei junge Menschen eingestellt, die ihre Berufsausbildung begonnen hatten. Ich möchte mich ihnen, meiner Arbeit und meiner Familie widmen. Auf Wiedersehen.

Wenn dir jemand in einer schwierigen Situation hilft,
obwohl er oder sie selbst gerade Hilfe benötigen könnte,
ist das keine
Hilfsbereitschaft, sondern LIEBE.

KAPITEL 31

Unglaublich, ich war am Ende meiner Geschichte angelangt. Die Jahre vergingen wie im Flug. Mittlerweile war ich einunddreißig Jahre alt geworden. Und was für eine Yasemin hatte das Leben aus mir gemacht, von damals bis heute? Das, was ich erlebt hatte, konnte ich nicht in drei dicke Bücher packen.

»Heute nach all der Zeit habe ich das Bedürfnis, wieder zu sprechen. Die Menschen vergessen sich selbst in ihrer täglichen Geschäftigkeit und im Alltag, in der Hektik und dem Trubel. Ich führte ein eintöniges Leben, aber es war sehr bunt. Da ich meine Arbeit und meine Familie sehr liebte, brachte sie durch ihre Anwesenheit Farbe in mein Leben, auch wenn es eintönig war. Heute war ich ein wenig melancholisch. Ich war allein zu Hause, es war Sonntag! Kiraz begann ihr Studium, sie hatte mehr Glück als Suat, ihre Wohnung lag direkt neben der Universität. Nun sollten wir das Gleiche mit Kiraz durchmachen. Während Suats Studienzeit hatten wir die ersten Erfahrungen mit ihm gemacht. So konnte ich mich Kiraz mit etwas mehr Bewusstsein, Reife und Erfahrung nähern.

Meine Tante lag im Krankenhaus. Die Brandflecken auf ihrer Haut wurden mit einer Lichttherapie behandelt. Sie musste bis Mittwoch im Krankenhaus bleiben, aber sie profitierte von dieser Lichtbehandlung. Es war nötig. Mindestens achtmal im Jahr musste sie sich dieser stationären Behandlung im Krankenhaus unterziehen.

Mir war heute nach Melancholie zumute, ich möchte einen sehr ruhigen, gelassenen und entspannten Tag verbringen.

So legte ich meine Füße auf die Couch, lehnte mich mit dem Rücken an die Kissen, warf eine Decke über mich und nahm mein Diktiergerät in die Hand, nach all der Zeit wieder.

Meine kleine Holztruhe, in der ich alle meine privaten Dinge aufbewahrte, stand mit offenem Deckel auf dem Tisch. Bei einer Tasse Kaffee begann ich, mein Inneres noch einmal gründlich zu analysieren. Natürlich kamen mir die alten Zeiten in den Sinn. All die Dinge, die geschehen waren, reihten sich nacheinander vor meinen Augen auf. Ich war in der Ferne verschwunden. Hey, die Welt der Lügen, von wo nach wo ... In der Tiefe, der verlogenen Welt. Das mich zu dem machte, was ich heute bin.

Etwa anderthalb Jahre lang hatte ich mich behandeln lassen, um meine inneren Wunden loszuwerden, und ich war froh, dass ich das getan hatte. Schließlich bereute ich es überhaupt nicht und empfehle es euch allen. Ich konnte bewusster mit meinem Schmerz und den Negativitäten umgehen, die ich erlebt hatte, und ich konnte bewusster mit diesen Gefühlen leben. Die Möglichkeit, Ereignisse aus einer anderen Perspektive zu betrachten, hatte meine Sichtweise auf viele Themen verändert.

Mit wem hatte ich zu tun und gegen wen hatte ich gekämpft? Was war richtig? Was war falsch? Ich hatte sie alle nacheinander verarbeitet und verdaut, und ich hatte eine andere innere Ruhe. Das war ein Gefühl, das ich noch nie erlebt hatte.

Meinen Friseursalon hatte ich auf einen Dritten erweitert. Wie? Lassen Sie es mich Ihnen erzählen ...

Diese Situation hatte sich wie die anderen auch, spontan entwickelt. Eines Tages, als ich arbeitete, betraten zwei Frauen und ein Mann den Salon. Gott sei Dank waren meine beiden Salons sehr gut besucht und lagen im Zentrum. Daher blieb nicht viel Zeit für Small Talk, oder besser gesagt, es blieb gar keine Zeit. Ich hatte für diejenigen, die kamen, einen Termin vereinbart, damit wir in Ruhe reden konnten.

Am Tag unseres Termins kamen sie pünktlich. Sofort zogen wir uns in mein Büro im hinteren Teil des Salons zurück, um in Ruhe zu reden. Dort offenbarten sie mir, dass sie nicht wirklich etwas von ihrem Arbeitgeber hielten und dass sie bei diesem Tempo ihren Arbeitsplatz verlieren würden. Sie befanden sich in einem Zustand der Schließung. Das Gute daran war, dass der Friseursalon im Zentrum lag, wie meine beiden anderen Salons auch, sogar mit einem von ihnen in derselben Straße.

Nachdem ich das Gespräch mit allen dreien beendet hatte, stellte ich die Frage: »Was erwartet ihr von mir?« Ihre Antwort war, dass sie wollten, dass ich den Salon übernehme. Nachdem unser Treffen beendet war, verabschiedeten wir uns. Diese Situation hatte mich sehr verwirrt. Ein oder zwei Wochen später traf ich den Inhaber des Salons zufällig auf meinem morgendlichen Weg zur Arbeit. So etwas wie Zufall gab es nicht, nennen wir es Schicksal, Kismet in anderen Worten.

Wir grüßten uns und ich fragte ihn, an welchem Tag er für ein Gespräch zur Verfügung stünde: »Ich bin immer verfügbar, wir können jetzt reden«, bot er an.

Jedoch dachte ich mir, dass eine Person, die für ihren Job verantwortlich ist, nicht immer verfügbar sein kann. So hatten wir einen Tag vereinbart und uns unterhalten, dann hatten wir uns geeinigt, und ich hatte den Friseursalon übernommen. In den Innenräumen war ein bisschen Innovation nötig. Die Arbeitskräfte waren dieselben geblieben, dazu hatte ich zwei junge Leute für eine Berufsausbildung eingestellt. Eine Meisterin stand ebenfalls am Anfang ihrer neuen Aufgaben. So war mein dritter Friseursalon dazugekommen. Alles kommt von Gott ... Auch wenn es schwierig und anstrengend war, würde ich es schaffen, solange meine Gesundheit und mein Wohlbefinden es zuließen. Diejenigen, die es kennen, wissen, wie schwierig es ist. Ich hatte sehr hart dafür gearbeitet.

Suat kam immer zu uns nach Deutschland, nicht in den Ferien, sondern an verlängerten Wochenenden. Entweder blieb er von Donnerstag bis Freitag oder Sonntag, oder von Samstag bis Montag und Dienstag bei uns. Er hatte auch hart gearbeitet. Wir waren uns der täglichen Betriebsamkeit und unserer Verantwortung bewusst.

Acht Jahre waren vergangen. Soweit ich recherchiert hatte, war Nurgül umgezogen und ich kannte ihre neue Adresse nicht, sie hatte die Stadt gewechselt. Ich hätte sowieso nicht spontan an ihre Tür geklopft, wenn es sich nicht um einen Notfall handeln würde, das wäre etwas anderes. Aber das Privileg, zu ihr nach Hause zu gehen, war für mich vorbei. So hatte ich im Internet nach ihr gesucht, aber ich hatte weder ihre Adresse noch ihre Telefonnummer im Internet gefunden. Über sozialen Medien hatte ich sie dann gefunden, erst hatte sie mir nicht geglaubt, dass ich es bin. Erst nachdem wir über Videoanruf telefoniert hatten. Obwohl sie keinen Kontakt zu mir hatte, trotz meiner plötzlichen und unangekündigten Abreise hatte sie mich immer noch beschützt.

»Ich bin auf dem Weg nach Frankfurt«, sagte ich ihr und fragte sie, ob sie Zeit für ein spontanes Treffen hätte. Als sie das bejahte, sprang ich ins Auto und fuhr zu ihr. Da ich wirklich nicht viel Zeit hatte, hatten wir nur fünfzehn oder zwanzig Minuten miteinander verbracht.

Was mir auf dem ganzen Weg dorthin durch den Kopf gegangen war, war, was wäre, wenn sie mich alles Mögliche nennen würde? Ich schätzte, ich konnte ihr nicht widersprechen, denn sie hatte recht. Wenn eine solche Situation eintreffen würde, war ich zu dem Schluss gekommen, dass alles, was sie sagte, richtig und gerechtfertigt sein würde. Schließlich war ich acht Jahre lang verschwunden, dann stellte ich mich wie auf dem Markt ihr gegenüber, als wäre nichts geschehen. War das möglich? Wenn es zu diesem Thema etwas zu sagen gäbe, hätte ich natürlich aus Respekt und Liebe geschwiegen.

Soweit ich mitbekommen hatte, hatte Nurgül ihr erstes "ANA"-Buch veröffentlicht. Es gab Tage der Autorgrammstunden und Tage der Buchvorstellung. In gewisser Weise würde sie ihre ersten Erfahrungen mit dem ANA-Buch auskosten. Sie würde ihre Erfahrungen mit ihren ersten ANA-Gefühlen in der Buch-Welt sammeln.

Auch sah ich, dass sie von Zeit zu Zeit mitteilte, dass ihr Buch "Yasemins Verzweiflung" in Arbeit sei. Nurgül hatte die Hoffnung auf mich noch nicht aufgegeben. Sie schrieb immer noch an Yasemins. Mögen ihre Hände niemals leiden! Ich gab zu, dass ich ihr gegenüber undankbar war, indem ich mich acht Jahre lang versteckt hatte und vom Markt verschwunden war. Als ich mich zum ersten Mal an meine Tante Meral gewandt hatte, hätte ich mich eigentlich auch bei Nurgül melden sollen. Es gibt kein Heilmittel, für die Toten, gibt es ein Sprichwort. Natürlich gab ich meinen Fehler zu.

Nurgül näherte sich mir aufrichtig und warmherzig in ihrer alten Gewohnheit. Sie war die Person, der ich vertraute. Obwohl wir uns acht Jahre lang nicht gesehen hatten, wollte sie ihr gutes Benehmen nicht aufgeben. Sie war nie so an mich herangetreten, dass ich für diese acht Jahre Rechenschaft ablegen müsste. Als ich ihr von meiner Situation erzählte, sagte sie: »Du wirst schon etwas gewusst haben.« Ohne jegliche Beleidigung oder Ressentiments. Ohne gefragt zu werden, konnten wir uns nach Jahren, vor genau eineinhalb Jahren, gegenüberstehen.

Wieder waren eineinhalb Jahre vergangen. Ging es nur mir so, oder verging die Zeit wirklich so schnell?

Bei der Verabschiedung hatte ich ihr einen Sprachaufzeichnungsassistenten überreicht, in dem sich eine Kassette befand. Sie hatte nur stumm vor sich hingestarrt, als ich es ihr überreicht hatte, danach hatten sich unsere Wege wieder getrennt. Von diesem Tag an bis heute hatte ich keinen Kontakt zu Nurgül gehabt und auch nicht mit ihr telefoniert. Weiterhin hatte ich ihr nur die Kassetten, die ich aufgenommen hatte, per Post geschickt. Unter der Bedingung, dass ich meine Adresse geheim hielt. Wenn ich sagte, Zeit ist Gold, dann gehörte Nurgül von nun an zu den Menschen, die ich nicht aus meinem Leben streichen möchte. Wenn es unser Schicksal so will, wird Gott uns wieder zusammenführen.

Heute hatte ich ihr endlich über die sozialen Medien geschrieben, um ihr zu sagen, dass ich mich persönlich mit ihr treffen möchte, aber dieses Mal hoffte ich, dass ich dauerhaft Kontakt mit hier halten kann. Aber sie hatte meine Nachricht noch nicht gesehen oder gelesen.

In den Letzten ein oder zwei Jahren hatte ich über mein tägliches Leben gesprochen. Wir hatten unsere Trümpfe mit denen geteilt, die mir Unrecht getan und mich verfolgt hatten. Jeder von ihnen war nach Recht und Gesetz bestraft worden, aber es gab auch ein Leben nach dem Tod. Möge Gott verzeihen und Rechtleitung geben.

Kommen wir zu dem Zustand der Täter nach dem begangenen Unrecht. Obwohl so viele Jahre vergangen waren, werden einige von ihnen immer noch für ihre Taten bestraft, und zwar in großem Stil. Ihre Familien waren zerrüttet, ihre Häuser zerstört, sie waren immer noch im Gefängnis. *Was könnte ich also noch sagen?* Ich sagte von nun an göttliche Gerechtigkeit.

Wenn dein Herz sich in ein Feuergefecht verwandelt hat,
ist die Rache Enorm, so,
dass es die Menschheit nicht ertragen kann!

KAPITEL 32

Während ich sprach, fand ich Frieden und alle Knoten wurden nach und nach aufgelöst. Mit Gottes Erlaubnis wurde ich auf den richtigen Weg gebracht. Ich hatte vor zweieinhalb Jahren mit dem Beten begonnen. Gott weiß, dass ich in den ersten Tagen Schwierigkeiten hatte, aber ich hatte diese Phase überwunden. Ich betete in meinem Herzen und dankte Gott, dass er mir diese heiligen Gefühle gewährte. Es war ein anderer Seelenfrieden, ein sauberes, heiliges, unantastbares Gefühl. Gott dem Allmächtigen sei Dank.

Es dauerte nicht lange, bis Kiraz' Universitätsausbildung beendet war. »Lasst uns alle zusammen in die Türkei zurückkehren«, sagte sie bei unseren Telefonaten.

Darüber hatte ich viel nachgedacht. Eines Tages, als Kiraz an einem Wochenende nach Hause kam, besprachen meine Tante, Kiraz und ich diese Angelegenheit in aller Ruhe und ausführlich. Die Entscheidung wurde getroffen. Ja, ich hatte beschlossen, für immer in unser Heimatland zurückzukehren, und wir konnten auch meine Tante überzeugen.

Während ich noch überlegte, ob die Behandlung für ihre Brandverletzungen in Deutschland besser wäre, sagte mein Bruder Nihat am Telefon zu mir: »Schlag dir diese Idee gleich wieder aus dem Kopf. Es gibt so viele hervorragende Professoren, Ärzte und Mediziner in der Türkei, also zerbrich dir nicht den Kopf.«

Meine Tante erwiderte dann: »Ich bin bei dir, ich bin dabei.« Die Entscheidung wurde also getroffen. Wir wollten für immer in die Türkei, in unser Heimatland zurückkehren. Bis dahin musste ich die drei Friseursalons und das Haus, das ich leitete und besaß, verkaufen. Es sah so aus, als würde ich wieder arbeitsreiche Tage erleben.

Für den Salon, den Claudia mir überlassen hatte, wurde sofort ein Käufer gefunden. »Was ist, wenn das Gebäude des Salons auch gekauft werden möchte?«, fragte ich Tobias.

»Ich denke, ich würde es dann verkaufen und nicht vermieten«, sagte er.

So hatte ich den Salon an die Firma Wella übergeben, Tobias war für den Verkauf kurzzeitig nach Deutschland gekommen.

Beim Abendessen überreichte ich Tobias den gesamten Verkauf des Salons, den ich ihm überlassen hatte. Er sah mich fassungslos an. »Das ist dein gutes Recht, du hast eine neue Verantwortung in der Türkei gegründet. Du benötigst das Geld. Sträub dich nicht davor«, sagte ich ihm und wir umarmten uns in brüderlicher Zuneigung. Ja, so eine Erinnerung hatten ich an Tobias.

Was den Friseursalon unter meinem Haus anging, hatte ich mit meinem Meister gesprochen. Wenn er zustimmte, sage ich ihm, dass ich vorhatte, ihm den Salon bis zu unserer Rückkehr in die Türkei zu übergeben. Also wollte ich ihm das Haus und den Friseursalon verkaufen, er war noch jung, seit ein paar Monaten verheiratet und hatte sich niedergelassen.

Als ich die Zusage von ihm erhielt, war ich sehr erleichtert. Meine Salons waren gut ausgelastet, funktionierten gut und lagen zentral.

Kiraz bereitete sich auf die Prüfung vor, unsere Tage wurden immer kürzer. Vier Geschwister beabsichtigen, die Umrah zu besuchen. Möge Gott uns gewähren, diese heiligen Länder zu sehen und zu besuchen. Mein Bruder hatte uns alle für den Besuch der Umrah (Pilgerfahrt nach Mekka) angemeldet, denn ich wollte unbedingt, dass mein Onkel Osman, Tante Meral, der Fahrer Ahmet und meine Tante mitkamen. Ich sprach mit meinem Bruder: »Ja, ich melde sie alle an«, bot er an. Tante Meral war gerührt und weinte vor Freude. Ich konnte sie nicht entbehren.

Während ich das Tonband aufnahm, erhielt ich eine Antwort von Nurgül auf die Nachricht, die ich ihr vor etwa einer Woche geschickt hatte. Diesmal schrieb ich nicht geheimnisvoll, sondern sie würde mich sofort an meiner Nachricht erkennen. So vereinbarten wir einen Tag für ein Treffen. Ich denke, man konnte mit Sicherheit sagen, dass ich mich schon auf den Tag freute, an dem wir uns treffen würden. Meine letzte Nachricht war, dass ich anrufen würde, danach löschte ich das Konto wieder, das ich in den sozialen Medien eröffnet hatte. Mit dieser Einstellung hatte ich Nurgül also wieder in meine Nähe gelassen, ohne meine Kontaktdaten anzugeben. Wenn ich anrief, würde ich diesmal anrufen, ohne meine Nummer geheim zu halten. Es gab keine Situationen mehr, in denen ich verfolgt wurde. Die Gefahr war verschwunden.

Gegen Abend rief ich sie an. Als sie mir berichtete, sie sei im Krankenhaus und könne nicht lange sprechen, war ich ziemlich beunruhigt. Sie hatte eine schwere Operation hinter sich, und das war an ihrer Stimme deutlich zu hören. Als ich erfuhr, in welchem Krankenhaus sie lag, machte ich mich am nächsten Morgen auf den Weg, ohne Zeit zu verlieren. Am selben Abend hatte ich beschlossen, dass ich ihr meine letzte Kassette noch nicht geben konnte. Es war Oktober 2015 und ich besuchte Nurgül am nächsten Morgen. Die Fahrt dauerte genau sechs Stunden, ich machte mich gegen fünf Uhr morgens auf den Weg. Im Krankenhaus klopfte ich an die Tür ihres Zimmers ... Langsam öffnete ich die Tür und trat ein. Nurgül lag halb bewusstlos auf ihrem Krankenbett. Sie war an einer Menge Apparate angeschlossen und lag am Tropf. Ich war am Boden zerstört, als ich sie in diesem Zustand antraf, und ich wusste noch nicht, was los war.

Anscheinend hatte sie meine Schritte gehört, denn sie drehte ihren Kopf zur Tür, weg von der Wand. Sobald sie mich erkannte, rief sie schwach: »Yasemin!« So trat ich näher an ihr Bett heran. »Nurgül«, begann ich zu sprechen, dabei streichelte ich ihren Kopf, ihr Haar und ihr Gesicht. Sie war vor drei Tagen operiert worden und konnte immer noch nicht aufstehen. Es war auch schwierig für sie zu sprechen. Ich hatte nicht die Absicht, sie mit meinem Besuch zu ermüden. Ich sah sie an, und nach ein paar Sätzen wurde sie wieder ohnmächtig. Das muss die Folge der Operation gewesen sein. So zog ich den Stuhl an den Rand ihres Bettes und hielt ihre Hand für etwa ein oder zwei Stunden. Sie schlief immer noch ...

Zwischendurch zog ich meine Jacke an, ging in die Cafeteria des Krankenhauses, kaufte mir einen heißen Kakao und setzte mich wieder neben sie. Im Internet buchte ich ein Zimmer im nächstgelegenen Hotel für drei Tage, denn ich wollte Nurgül nicht allein lassen.

Als ich mittags in ihr Zimmer zurückkehrte, betete Nurgül, obwohl sie sich auf ihrem Krankenbett weder nach links noch nach rechts drehen konnte. Ich wartete schweigend auf das Ende. Als sie fertig war, rief sie mir noch einmal geschwächt zu: »Yasemin!« Mit dem Rücken stand ich gegen das Fenster gedrückt, jetzt näherte ich mich ihrem Bett. »Hier bin ich!«, antwortete ich.

»Du bist gekommen, willkommen, meine Röschen«, begrüßte sie mich wieder herzlich. Schnell zog ich den Stuhl wieder an ihr Bett und hielt ihre Hand.

»Ich denke, wir sind am Ende deiner Rache angelangt, nicht wahr, Yasemin?«, fragte sie mich. »Ja, wir sind am Ende, Gott sei Dank«, bestätigte ich.

»Ich habe alle Kassetten bearbeitet, die du geschickt hast. Mein Buch mit dem Titel Yasemins Kampf würde ich jetzt gerade in den Händen halten, aber da die erste Ausgabe eine schreckliche Ausgabe war, wurde sie zu einer Reklamation. Obwohl ich so akribisch daran gearbeitet hatte, ist mir ein solches Missgeschick passiert. Aber keine Sorge, ich habe einen Vertrag mit einem neuen Verlag und es wird erneut gedruckt werden. 2015 war ein sehr schlechtes Jahr für mich. Sobald ich in das Jahr 2016 eintrete, werde ich mit einer neuen Seite beginnen, als ob ich ganz von vorne anfangen würde. Das Buch wird bis zu diesem Datum erscheinen, Yasemin«, hatte sie mir mitgeteilt.

»Hör auf über das Buch nachzudenken, wie geht es dir? Was ist passiert? Warum wurdest du operiert? Was fehlt dir? Erzählen mir von dir«, verlangte ich verärgert. »Mir geht es gut, ich bin jetzt darüber hinweg, Gott sei Dank«, meinte sie.

Ich wollte wissen, was los war, was mit ihr los war? Aber ich hatte sie nicht zu sehr bedrängt, weil sie körperlich schwach war und ich sie nicht mit meinen Fragen drängen wollte. Manchmal schlief sie auch wieder in ihrem Krankenbett ein. So ging ich wieder hinunter in die Cafeteria des Krankenhauses, von wo aus ich im Friseursalon anrief und dem Meister mitteilte, dass er bis zu meiner Rückkehr allein zurechtkommen müsste. Schließlich sah ich mich mit einer Situation konfrontiert, die ich nicht erwartet hatte.

Als ich gegen sechs Uhr abends in ihr Zimmer zurückkehrte, versuchten die Krankenschwestern in Begleitung des Arztes Nurgül zu mobilisieren. Als die Krankenschwester mich dann an der Tür sah, schloss sie die Tür von innen. Daher wartete ich vor der Tür und hörte, wie sie von drinnen gezwungen wurde, sich zu bewegen. Die Tatsache, dass ihre Stimmen gelegentlich schmerzverzerrt zu mir durchdrang, überwältigte mich mit einer Flut von Gefühlen. Als ich meine Tränen nicht mehr zurückhalten konnte, wurde mir klar, dass ich ihr in diesem Zustand nicht gegenübertreten konnte. Nachdem ich mich im Besucher-WC im ersten Stock des Krankenhauses ein wenig zurechtgemacht hatte, wartete ich weiter vor ihrer Tür. Es dauerte nicht lange, da kamen drei Krankenschwestern und vier Ärzte aus ihrem Zimmer.

»Sie können jetzt eintreten«, sagten sie, als sie gingen. Sofort betrat ich Nurgüls Zimmer. Als sie mich sah, schenkte sie mir ein leichtes Lächeln und drehte ihren Kopf ein wenig zur Seite.

In diesem Moment kam in meinem Herzen ein Gefühl der Schuld auf. Die Art und Weise, wie sie mich in diesem Zustand anlächelte, machte mir ihr gegenüber, ein schlechtes Gewissen. Ich wusste, dass ich einen Fehler gemacht hatte, indem ich Nurgül nicht meinen Aufenthaltsort, meinen Wohnort und meine Kontaktdaten mitgeteilt hatte. »Alles gut?«, fragte sie schwach. »Sei nicht unnötig ungerecht zu dir selbst, Yasemin, meine Liebe. Trage nicht unnötig solche Gefühle in deinem Herzen«, antwortete sie mir. »Jeder lebt sein eigenes Schicksal, wir auch«, erwiderte sie schwach.

Ich wollte sie nicht noch mehr ermüden, indem ich redete und redete. Also bat ich sie um die Erlaubnis, meinen Besuch für diesen Tag zu beenden. Dann würde ich am frühen Morgen wieder bei ihr sein. Sie war sich dessen noch nicht bewusst, denn sie war im Halbschlaf.

Anschließend ging ich zu dem Hotel, in dem ich übernachten wollte. Ich wollte früh zu Bett gehen, um am Morgen frisch zu sein, und genau das tat ich auch. Am nächsten Morgen fand ich sie mit einer Krankenschwester vor, die sie auf die Bettkante setzte. Heute hatte ich Nurgül in einem besseren Zustand gesehen. Natürlich war sie nicht bei voller Gesundheit, aber ich hoffte, dass sie mit der Zeit wieder gesund werden würde. Heute würde ich den ganzen Tag mit Nurgül verbringen können, ich wollte einfach bei ihr sein. Ja, ich wollte jetzt einfach nur bei ihr sein.

Sie konnte sich kaum anlehnen, oder besser gesagt, sie konnte sich nicht einmal im Stehen auf ihr Bett stützen. Innerhalb von ein oder zwei Minuten betraten die Krankenschwestern das Zimmer, um sie wieder ins Bett zu legen.

Nach einem kurzen Gespräch schlief sie ein. Sie hatte immer noch Schmerzen, sie hatte eine schwere Operation hinter sich. Die Kabel mehrerer Maschinen und die Infusionen waren noch angeschlossen. Sie musste sehr viel Blut verloren haben, sie bekam Bluttransfusionen. Ich saß auf einem Stuhl am Fenster, im hinteren Teil, nicht sichtbar von Nurgüls Bett aus, die seit etwa einer Stunde schlief. Nurgül begann im Schlaf zu delirieren, aber sie konnte sich weder nach links noch nach rechts drehen, sie konnte nicht einmal den Kopf heben, um aufzuschauen. Ich hörte ihr von meinem Platz aus zu, wie sie weinte. Langsam stand ich von meinem Stuhl auf, ihr Gesicht war zur Wand gerichtet, sie weinte leise: »Papa, Papa ...« Nurgül hatte mich immer in Ruhe gelassen, wenn ich geweint hatte, so tat ich es auch.

Sie würde eine warme und vertrauenswürdige Einstellung haben wie: »Weine, meine Liebe, sei frei und entspannt.« Als ich dachte, dass es eine Sache wäre, wenn ich mich ihrem Bett nähere, und eine andere, wenn ich es nicht tat, hörte sie auf zu weinen und schlief wieder ein. Es bedeutete, dass auch sie ihren Vater verloren hatte. Das hatte ich bis dahin nicht gewusst. Ja, wir alle lebten unser eigenes Schicksal auf die eine oder andere Weise. Möge Gott uns Leichtigkeit, Ausdauer, Geduld, Kraft und Stärke in jeder Prüfung geben, die er uns auferlegte. Möge Gott seinen Platz himmlisch machen.

Innerhalb einer halben Stunde wachte sie mit Schmerzen auf. Da sie sich nicht von ihrem Platz bewegen konnte, versuchte sie, den Knopf mit einer Hand zu erreichen, um eine der Krankenschwestern zu rufen. Die letzte Krankenschwester platzierte ihn so hoch, dass sie es natürlich nicht erreichen konnte. Sofort war ich aufgestanden und hatte mich eingemischt, auch wenn sie sich vor Schmerzen krümmte, als sie mich sah, sagte sie: »Yasemin, willkommen. Ich versuche, den Knopf zu erreichen, aber ich kann ihn nicht fassen.« »Die Schwestern werden bald hier sein«, antwortete ich und drückte den Knopf, während ich vom anderen leeren Bett zu ihrem Bett ging.

Da sie vergessen hatte, dass ich am Morgen gekommen war, begrüßte sie mich erneut. Das musste noch die Wirkung der Narkose sein. »Sie sollten mir diese Maschine abnehmen, ich kann meine rechte Seite überhaupt nicht mehr spüren, weder mein Bein noch meinen Arm. Ich fühle mich wie gelähmt«, hauchte sie vor Schwäche und Schmerz. Als die Kranken-schwester kam, hatte ich ihr dasselbe gesagt. »Der Anästhesist soll es abnehmen, die andere Maschine wird auch heute abge-nommen. Wir geben immer noch Anästhesie. Es ist leicht zu sagen, entfernen Sie es, wissen Sie, was die Patientin durchge-macht hat?«, schnauzte die Krankenschwester mich an.

Richtig, es fiel mir leicht zu sagen, ich wusste ja nicht, was die Patientin durchgemacht hatte. Ich fühlte mich sehr schlecht, nahm meine Jacke, ohne etwas zu sagen und ging nach unten in die Cafeteria. Wie hätte ich es wissen sollen, ich war nicht für sie da.

Vor neun Jahren hatte ich mit dem Rauchen aufgehört, aber an diesem Tag in diesem Moment hatte ich ein starkes Verlangen nach einer Zigarette. So ging ich auf die Raucher zu und fragte: »Können Sie mir eine Zigarette verkaufen?« Einer der jungen Männer reichte mir sofort eine Zigarette aus seiner Schachtel. Sobald ich sie angezündet hatte, wurde mir schwin-delig und ich musste husten. Aber ich war stur und nahm noch einen Zug. Mein Blutdruck war gleich null. Daraufhin machte ich sie aus und ging zurück in die Cafeteria. Oh mein Gott, was für eine Seuche war das. Ich hatte das Zeug früher geraucht und war froh, dass ich aufgehört hatte. Oft hatte Nurgül zu mir gesagt: »Yasemin, du tust mir leid! Du weißt nicht einmal, wie man einen Zug nimmt, gib es auf, hör auf zu rauchen.« Das vergesse ich nie, und ich konnte aufhören, weil sie es damals gesagt und mich ermutigt hatte. Bevor wir in die neue Stadt gezogen waren, hatte ich aufgehört.

Als ich zurück in das Zimmer kam, hatten sie sie umgezogen, den Blutbeutel und die Maschine abgenommen. Erneut war sie wieder eingeschlafen. Ich denke, heute wird der ganze Tag so ablaufen. Aber ich war mit ihr zusammen, das war alles, was zählte. Zu den Gebetszeiten ging ich zu meinem Auto und Nurgül betete, obwohl sie sich in ihrem Bett nicht bewegen konnte. Mein allmächtiger Herr, der das Problem gab, gibt auch die Lösung, wie es scheint, ohne Zweifel.

Solch einen Rhythmus gab es bis in die Abendstunden. Nachdem das Gerät entfernt worden war, ging es ihr langsam besser. Ihre rechte Seite begann wieder etwas zu fühlen und sie konnte ihre Hand bewegen. Wenn sie sprach, schmunzelte sie ab und zu.

Gegen vier Uhr morgens wollte ich aufbrechen, eine weitere lange Reise stand mir bevor. An diesem Abend hatten wir uns verabschiedet, aber ich wollte wiederkommen.

Am selben Tag befand ich mich noch am Arbeitsplatz ein, ohne vorher zu Hause gewesen zu sein. Am Abend hatte ich mit Kiraz gesprochen. Am Telefon sagte sie zu mir, dass sie das nächste Mal mit mir kommen wollte. Wir hatten viel zu besprechen und eine Menge Probleme hatten sich in Kiraz aufgestaut. So könnten wir unterwegs über die Themen sprechen.

Als das Wochenende kam und Kiraz und ich unterwegs waren, erzählte sie mir, dass sie begonnen hatte, Bewerbungen für eine Arbeit in der Türkei zu schreiben. Mein Bruder sagte ihr immer wieder, dass sie ihr eigenes Geschäft eröffnen sollte.

Er hatte recht, und ich stimmte ihm zu. Irgendwie hatten wir es geschafft, Kiraz zu überzeugen. Sie konnte ihren Traum verwirklichen, ob sie nun ein eigenes Unternehmen gründete oder nicht. Nachdem sie sich beim Büro des Ministerpräsidenten in Ankara um eine Stelle als Dolmetscherin beworben hatte, wurde ihr vom Ministerium ein Vorstellungsgespräch angeboten.

»Ich konnte den Termin, den sie mir geschickt haben, nicht annehmen und habe ihn verschoben, weil er nicht mit meinem Urlaub zusammenfiel«, erklärte sie.

»Mach dich nicht lächerlich!«, unterbrach ich sie plötzlich.

»Welcher Aufschub? Das Büro des Premierministers gibt dir einen Termin für ein Vorstellungsgespräch und du verschiebst ihn. Was für ein Blödsinn! Du hast es sowieso verschoben, wir können es nicht mehr ändern«, erwiderte ich, obwohl ich eigentlich nervös war, freute ich mich sehr für Kiraz. Ich hoffte, dass meine Schwester Dolmetscherin im Büro des Ministerpräsidenten in Ankara werden würde, was für ein ehrenvolles Gefühl.

Die Fahrt dauerte fast noch zwei Stunden, Kiraz und ich hatten uns überlegt, für immer in die Türkei zurückzukehren, und wir hatten noch sechs Monate Zeit, um alles zu regeln. Danach wollten wir einen Schlussstrich in Deutschland ziehen und in unserer eigenen Heimat einen neuen Start beginnen.

Als wir im Krankenhaus ankamen, um Nurgül zu besuchen, betraten wir das Zimmer und sagten: »Was sehe wir da.«

Sie war aufgestanden und lief allein im Zimmer umher. Ich hatte mich sehr über diese Entwicklung gefreut. Natürlich hatte sie immer noch Schmerzen und sich festgehalten, aber das war in Ordnung. Auch das war ein Fortschritt, Tag für Tag würde es ihr immer bessergehen.

An diesem Tag konnten wir eine lange Zeit miteinander verbringen. Am Abend, als die Straßen etwas ruhiger waren, wollten wir uns mit Kiraz auf den Weg zurückmachen. Als sie Kiraz sah, sagte sie: »Gestern reichte sie mir noch bis zur Taille, heute ist sie über meinen Kopf hinausgewachsen. Die Jahre vergehen wie im Flug, Yasemin.« Ich erzählte ihr von unserer Rückkehr in die Türkei, und sie war glücklich. »Es ist logisch und ich hoffe, dass dies die beste und richtige Entscheidung für euch ist«, antwortete sie.

Und als sie mich mit bedecktem Kopf sah, erlebte sie eine ganz andere Ehre und ein anderes Glück. Ja, ich war jetzt abgesichert. Als wir uns trafen, hatten weder sie noch ich auch nur einen einzigen Satz über die Kassetten, die ich geschickt hatte, und deren Inhalt gesprochen.

Es wurde Abend, wir verabschiedeten uns von ihr und ich fuhr mit meiner Kiraz wieder nach Hause. Nurgül sagte, sie würde noch eine Weile im Krankenhaus bleiben. Wir versprachen wiederzukommen und somit verabschiedeten wir uns.

Nach ein oder zwei Stunden Fahrt schlief Kiraz ruhig im Auto ein. Eine Stunde bevor wir nach Hause kamen, wachte sie wieder auf. Ich hatte im Krankenhauszimmer ein Nickerchen gemacht, also hatte ich nicht viel geschlafen.

Wir hatten unser zu Hause sicher erreicht. Sobald Kiraz eintraf, bereitete sie sich auf den Schlaf vor und ging ohne viel Zeit zu verlieren zu Bett. Tausend und eine Sache gingen mir wieder durch den Kopf. Wieder wartete eine neue Etappe auf uns. Wieder war ein neues Leben, eine neue Linie im Anmarsch. In der Zwischenzeit war ich wieder am Ende meines Bandes angelangt. Aber heute Abend hatte ich wieder viel geredet. Ich hoffte, wir sehen uns in meiner nächsten Kassette wieder, auf Wiedersehen ...

Schwarz, haben die Menschen verschmutzt.

In der Erwägung, dass schwarz;

Frieden, die Nacht und die Ruhe war...

KAPITEL 33

Ja, mein letztes Band.

Mein letztes Band hatte ich vor fünf Monaten aufgenommen. Wir hatten in letzter Zeit so viel zu tun, dass es unglaublich war, aber wir waren endlich am Ende angelangt.

Kiraz bereitete sich auf ihre letzten Prüfungen vor. Sie musste noch drei Prüfungen ablegen, danach würde meine Schwester, so Gott will, ihren Universitätsabschluss als Dolmetscherin machen. Mittlerweile hatte ich den zweiten Salon übergeben, demnächst würde ich das Haus und den letzten Friseursalon übergeben. Was das Haus und den Salon anging ... Als Nurgül aus dem Krankenhaus kam, sagte ich ihr, dass ich ihr sowohl das Haus als auch den Friseursalon schenken wollte. Sie weigerte sich. Als wieder einige Zeit vergangen war, ging ich an einem Wochenende erneut zu ihr. Ich bat sie erneut von Angesicht zu Angesicht, ich wollte, dass sie akzeptierte und annahm. Aber sie bestand darauf: »Ich werde nicht akzeptieren und ich werde es nicht annehmen«. Nachdem ich sie nach den Gründen gefragt hatte, sagte sie: »Meine Geschwister stehen mir nahe, ich habe nicht die Absicht, die Stadt wieder zu wechseln. Ich bin sowohl mit meinem Arbeitsplatz als auch mit meinen Privatleben zufrieden.« Ihre Entscheidung musste ich akzeptieren, auch wenn ich es nicht wollte.

In diesen fünf Monaten hatten wir vier Geschwister die Umrah besuchen können. Unser Herr hatte uns erlaubt, das Heilige Land zu betreten. Jedes Mal, wenn wir in die Türkei reisten, nahmen wir ein wenig von unseren Habseligkeiten mit.

Auf Drängen meines Bruders und mir brauchte Kiraz ein Büro in der Türkei, und sie hatte in letzter Minute ihre Zustimmung dazu gegeben. Mein Bruder ließ die Visitenkarten und das Logo von Kiraz für ihr neues Dolmetscherbüro vorbereiten und begann, dafür zu werben. Kiraz wurde auch als Dolmetscherin im Premierministerium in Ankara eingestellt.

Suat hingegen steckte seinen Kopf mit meinem Bruder Nihat zusammen. Jetzt leiteten die beiden Brüder die Holding. Bei ihrem letzten Besuch in der Türkei hatten wir meine Tante zu privaten Krankenhäusern und Ärzten gebracht. Von nun an würde ihre Behandlung in der Türkei stattfinden.

Über meinen Bruder hatte ich einen Immobilienmakler kennengelernt, der mir bei der Suche nach einem Haus helfen sollte. Der Immobilienmakler schickte mir Informationen per E-Mail, aber es waren noch keine Favoriten darunter.

Ich hatte es nicht eilig, vielleicht sollte ich das Friseurgeschäft ganz aufgeben und mich in die Einsamkeit zurückziehen, als wäre ich geläutert. Mit meinem hart verdienten Geld könnte ich ein Haus und ein Geschäft von Grund auf aufbauen. Ich hatte auch angefangen, über Waisenhäuser für Waisenkinder und Einrichtungen für Menschen in Not nachzudenken. Von nun an würde ich mich definitiv auf diese Dinge konzentrieren.

Tobias und Steffi hatten geheiratet und sich an das Leben in der Türkei gewöhnt. Sie sagten immer wieder, es sei ein Land wie im Paradies. Sie priesen die Türkei immer noch mit großer Liebe, ich war glücklich.

Ich hatte viele Dinge erreicht, ich hegte keine Rachegefühle mehr bei irgendjemandem. Jetzt hatte ich mich an ihnen gerächt, an einem nach dem anderen, ganz legal, wie es sich gehörte! Von nun an konnte mir niemand mehr etwas anhaben.

Übrigens konnte Kiraz dank meines Anwalts, der blutigen Nigar, ihre eigene Mutter im Gefängnis besuchen. Sie war auf der Suche nach den Flügeln ihrer Mutter, ihrem Arm, ihrem Geruch ... Aber sie hatte nicht erwartet, einer solchen Person zu begegnen. Sie kam voller Enttäuschung zurück. Suat wollte erst gar nicht, dass sie hinging, er versuchte, Kiraz zu überreden, nicht zu gehen, aber es war vergeblich. Schließlich musste Kiraz diese Erfahrung selbst machen. Als sie aus der Türkei zurückkam, sagte sie zu mir: »Du bist sowohl meine Mutter als auch mein Vater« Wie schmerzhaft das war, aber ohne Zweifel, mein Herr, der das Problem gab, gibt auch die Heilung.

Ja, wir waren am Ende angelangt. Sehen Sie ... Von wo nach wo? Dies ist eigentlich eine beispielhafte Lebensgeschichte; ich hatte einen sauberen Strich unter meine Vergangenheit gezogen, ich konnte nicht alles Negative auslöschen, was ich erlebt hatte. Warum war das so? Es war nun einmal passiert. Es hatte sich in mir eingenistet wie ein frecher Gast, aber ich konnte mich mit meiner Entschlossenheit und meinem Kampfgeist durchsetzen.

Lassen Sie mich kurz erwähnen, warum Nurgül für mich ganz anders war.

Denn sie war diejenige, die mich in den ersten Tagen umarmt hatte, ohne mich überhaupt zu kennen, sie war die Erste, die gesagt hatte: »Sprich, Yasemin!« Sie war diejenige, die unermüdlich an meiner Geschichte geschrieben hatte. Obwohl sie niedergeschlagen und müde war, vertraute sie mir und gab nicht auf. Ja, ich hatte meinen Frieden gefunden, während ich sprach. Tag für Tag verringerten sich meine Wunden, Tag für Tag wurde meine Last leichter.

Wir hatten noch drei Wochen in Deutschland. Nach drei Wochen wollten wir Deutschland verlassen, und wir wollten hier einen Schlussstrich ziehen.

Morgen war Samstag und ich möchte Nurgül meine letzte Kassette persönlich überreichen. Nurgül hatte sich bereits erholt und war nach einer langen Krankheitszeit ins Berufsleben eingestiegen. Auch wenn es schwierig war, das Leben ging weiter. Wir hatten den Termin für unser Treffen schon vor Wochen festgelegt. Ich akzeptiere absolut, dass es hier und da an etwas fehlen würde.

Es war mein letztes Band, ich war ganz ruhig. Um mich herum roch es nach Abschied. Diese Trennungen mochte ich überhaupt nicht ... Dieser Abschied war eines der Dinge, an die ich mich nicht gewöhnen konnte ...

Yasemins Verzweiflung und Yasemins Kampf war veröffentlicht und auf den Markt gebracht worden. Meine Lebensgeschichte war neu geschrieben worden. Morgen wollte ich ein signiertes Buch von Nurgül anfordern. Ich war sehr aufgeregt, und das Buch meine Rache würde ohne dass viel Zeit vergehen würde bald erscheinen.

Wir waren am Ende meiner wahren Lebensgeschichte angelangt ... Eine warnende Lebensgeschichte für einige.

Schauen Sie: Auf dem Buch - Cover von Yasemins Kampf hat Nurgül als Untertitel, es in einem kollektiven Sinn als "die Stimme einer Yasemin unter Tausenden von Yasemins" geschrieben. Ja... "Ich" war nur die Stimme einer Yasemin unter Tausenden von Yasemins! Wir haben noch viele weitere Yasemins, deren Stimmen nicht gehört werden und deren Stimmen in der Falle saßen. Sie litten immer noch unter Verfolgung, Folter, Gewalt, Inzest, Vergewaltigung, Angst und Viktimisierung. Bringen Sie Yasemins Stimme nicht zum Schweigen. Hört die Stimmen von den Yasemins, die gelitten haben. Hören Sie unsere Stimmen und verschaffen Sie ihnen Gehör ...

Auf Wiedersehen!

Ich atmete tief durch und erreichte das Ende meines Werks mit dem Titel "Yasemins Rache". Yasemin übergab mir persönlich Kassette fünfzehn, ihre letzte Kassette bei unserem letzten Treffen. Wir konnten an diesem Tag einen sehr schönen Tag zusammen verbringen. Ich wusste noch nicht, was sie auf den beiden Kassetten aufgenommen hatte. Aber ich wollte es herausfinden, als ich mit der Arbeit daran begann. Ich konnte sagen, dass ich in diesen Werken alle möglichen Erfahrungen machen konnte.

Es war eine Tatsache, dass Yasemins wahre Lebensgeschichte, die traurig und betrübt begann, ein so schönes Ende genommen hatte. Es hatte mich sehr erleichtert und glücklich gemacht. Ich denke, sie hatte es mit einem schönen Ende abgeschlossen. Deshalb beende ich meine Aufzeichnungen kurzerhand auf friedliche Art und Weise, denn die Lebensgeschichte, die ich geschrieben hatte, endete in sich selbst.

Ich hoffte, dass es eine Stärke für alle Yasemins sein wird. Ich wünschte jedem von ihnen Kraft, Stärke, Ausdauer und Geduld in meinem Herzen. Ich wünsche, dass diejenigen, die Unterdrückung begehen, so schnell wie möglich bestraft werden.

Du bist nicht allein!

Gemeinsam sind wir stark!

Schweige nicht; Wenn du schweigst, verlierst du!

LESERKOMMENTARE

»Hallo, liebe Frau Nurgül. Es ist eine Woche her, dass ich Ihre Bücher gelesen habe. Glauben Sie mir, ich werde den Effekt nicht los. Was passiert ist, ist sehr schmerzhaft. Aber ich habe Yasemin auch dazu gratuliert, dass sie eine so starke Frau ist. Im Leben ist es wichtig, nicht aufzugeben. Gesundheit für Ihre Feder, Ihr Herz. Möge Ihr Erfolg anhalten.

FATOŞ TOPAL

»Sobald ich das erste und zweite Buch beendet hatte, nahm ich sofort das dritte in die Hand. Ich begann Yasemins Rache mit Neugier und Spannung zu lesen. Ich denke, ich werde wie Yasemin in jeder Zeile, die ich lese, erleichtert sein. Ich nahm das Buch in der Hoffnung in die Hand, die Zeilen zu lesen, in denen die Bösen als bestraft und Opfer Gerecht werden. Ich hoffe, Yasemin ist jetzt sehr glücklich. Gesundheit für deinen Stift, dein Herz, deine Liebe.

ESMDKC

»Frau Nurgül, ich habe viele Kommentare über Ihre Bücher gelesen und habe Ihre Bücher im Vertrauen gekauft und gelesen. Ich gratuliere Ihnen wirklich. Ich kann sagen, dass es sich in mein Gedächtnis eingebrannt hat. Sie haben das, was heute geschieht, sehr gut wiedergegeben. Ich gratuliere auch Yasemin. Möge deine Feder ewig halten und dein Weg klar sein.

ANONYM

»Ich bin überall auf diese Buchreihe gestoßen. Der Name des Buches hat mich sehr interessiert und ich habe mich schließlich entschlossen, es zu lesen. Als ich anfing, Ihr Buch zu lesen, bin ich auf eine einfache Umgangssprache gestoßen. Wir waren fast wir: Sie, Yasemin und ich. Ihr aufrichtiger Ausdruck und Ihre Sprache haben mich in das Buch und das Thema hineingezogen. Die gewünschte Botschaft erreicht den Leser. Ich beglückwünsche Sie zu Ihren Büchern der Yasemin-Reihe, die ich nur empfehlen kann, und wünsche Ihnen viel Erfolg.

ANONYM

»Nurgül, wir haben dich auf der Messe kennengelernt. Als ich dein Buch gekauft habe, habe ich es sofort gelesen, als ich nach Hause gekommen bin. Ich bin froh, dass ich es gelesen habe. Ich bin mir jetzt selbstsicherer. Zumindest lehrt es uns, nicht aufzugeben und zu streben. Ganz zu schweigen von den anderen Kapiteln. Hör nicht auf zu schreiben. Ich liebe dich sehr.

RÜMEYSA KOVA

»Hallo zusammen. Lassen Sie mich gleich zur Sache kommen: Ihre Werke sollten unbedingt gelesen und gelehrt werden. Wenn die realen Erfahrungen so deutlich niedergeschrieben sind, zeigt das, dass es noch mehr Lektionen gibt, die die Menschen und die Menschheit lernen müssen. Leider sind die in Ihrem Buch erwähnten Probleme heute sehr verbreitet. Zum Glück gibt es Autoren wie Sie, und solche Werke werden geschrieben. Vielleicht liest sie jemand und schämt sich dafür.
Mit Liebe und Respekt.

ETHEM NAMIK KARAKUŞ

»Hallo... Gesundheit für Ihre Hände, Ihr Herz, Ihren Stift. Ich küsse dein mitfühlendes, gewissenhaftes Herz voller Liebe. Nachdem du das Buch gelesen und beendet hast, „hier ist das Buch der realen Welt für dich, eine Geschichte aus dem wahren Leben. Gibt es noch mehr? Nein, natürlich nicht. Ich werde mit meinem Theaterteam sprechen und unserem Publikum während unserer Aufführung von Ihrem Buch erzählen. Auch wir werden nicht schweigen, ich werde mein Bestes tun, wir werden Yasemins Stimme nicht zum Schweigen bringen, genau wie Sie. Wir sind es den Yasemins schuldig, einen Beitrag zu leisten. Ich wünsche Ihnen weiterhin viel Erfolg, auf Wiedersehen.

SEVİLAY TURAN

»Hallo. Dieses Serienbuch ist eine Geschichte aus dem wahren Leben. Als ich anfing zu lesen, begann ich mich zu wundern, nach einer Weile zog mich das Buch in seinen Bann. Man blättert eine Seite nach der anderen um und wartet neugierig auf die nächste. Ich habe es gelesen, ohne mich zu langweilen, und war in kürzester Zeit fertig. Spannung pur. Ich kann es Freunden, die auf der Suche nach anderen Büchern sind, nur wärmstens empfehlen. Sie werden es nicht bereuen.
Liebe Grüße

ANONYM

»Die Bücher haben mir sehr gut gefallen, ich konnte sie nicht aus der Hand legen, und Sie können verstehen, dass ich sie in vier Tagen durchgelesen habe. Ich würde gerne meine Bücher signieren lassen, wenn Sie nach Mersin kommen. Ich werde auch Ihre nächsten Bücher verfolgen und wünsche Ihnen weiterhin viel Erfolg bei Ihrer Arbeit.

NERMİN KESKİN

»Sehr geehrte Frau Sönmez …
Ich bin sehr froh, dass ich Sie gefunden habe. Ich habe Ihre Buchreihe in zwei Tagen beendet, eine beispielhafte Lebensgeschichte. Yasemin hat viel gelitten, möge Gott sie belohnen. Wer weiß, wie Sie sich gefühlt haben, als Sie diese Geschichte von Yasemin gehört haben. Das muss eine sehr schwierige Arbeit für Sie gewesen sein. Gesundheit für Ihre Hand und Ihren Stift, viele Grüße.

ANONYM

»Hallo Frau Nurgül. Ich hoffe, dass Ihre Bücher viele Menschen erreichen werden, denn solche Werke sollten gelesen und verbreitet werden. Die heutigen Ereignisse stehen ganz im Zeichen dieser Themen. Es ist wirklich ein großer Erfolg, dass Sie sich trauen und so etwas schreiben..

ANONYM

»Hallo, liebe Nurgül. Es war die eindrucksvollste und bedeutungsvollste schmerzhafte Lebensgeschichte, die ich je gelesen habe. Offiziell war es das erste und einzige Buch, das mir von den Knochen bis in die Seele wehgetan hat, mir war die Kehle wie zugeschnürt. Ich bin auch ein Waisenkind und dazu Vollwaise. Ich lebe mit meinen Brüdern zusammen, so dass ich das, was mein Namensvetter durchgemacht hat, finden und übernehmen konnte. So Gott will, werden wir eines Tages alle Frieden finden. Es ist eine sehr schwere Prüfung. Auch ich habe Ihr Leben und Ihr Wirken sehr geschätzt. Sie haben Ihren Glauben und Ihre Liebe zu Gott nie verloren. Möge Ihr Erfolg anhalten, liebe Nurgül. Gut, dass es Menschen wie Sie gibt.

ANONYM

Matilda Türkçe

Savaşın İçinden Bir Kelebek

Sert Kapak - İnce Kapak - e-kitap

Matilda Deutsch

Ein Schmetterling inmitten des Krieges

Paperback - Hardcover - e-book

Matilda English

A butterfly through the war

Paperback - Hardcover - e-book

Yasemin'in Çaresizliği - 1 Türkçe

Binlerce Yasemin'den Bir Yasemin'in Sesi

Sert Kapak - İnce Kapak - e-kitap

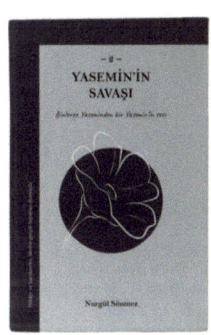

Yasemin'in Savaşı - 2 Türkçe

Binlerce Yasemin'den Bir Yasemin'in Sesi

Sert Kapak - İnce Kapak - e-kitap

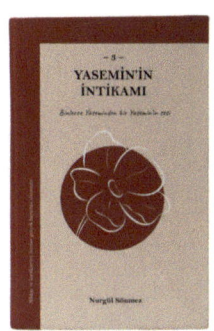

Yasemin'in İntikamı - 3 Türkçe

Binlerce Yasemin'den Bir Yasemin'in Sesi

Sert Kapak - İnce Kapak - e-kitap

Yasemins Verzweiflung - 1 Deutsch

Eine Stimme unter Tausenden

Paperback - Hardcover - e-book

Yasemins Kampf - 2 Deutsch

Eine Stimme unter Tausenden

Paperback - Hardcover - e-book

Yasemins Rache - 3 Deutsch

Eine Stimme unter Tausenden

Paperback - Hardcover - e-book

Yasemins Desperation - 1 English

One voice among thousands

Paperback - Hardcover - e-book

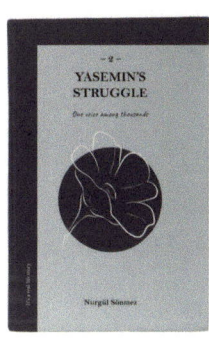
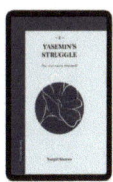

Yasemins Struggle - 2 English

One voice among thousands

Paperback - Hardcover - e-book

Yasemins Revenge - 3 English

One voice among thousands

Paperback - Hardcover - e-book

1001 Gece Yerine Bin Bir Gün Türkçe

"Özgürlüğe süzülen bir mülteci"

Sert Kapak - İnce Kapak - e-kitap

Statt 1001 Nacht - Tausendundein Tag Deutsch

"Weg in die Freiheit"

Paperback - Hardcover - e-book

Instead Of 1001 Night – One Thousand and One Day English

"A refugee soaring to freedom"

Paperback - Hardcover - e-book

Maarouf Türkçe

"Vatanı tarafından terk edilmiş bir adamın, inanılmaz öyküsü"

Sert Kapak - İnce Kapak - e-kitap

Maarouf Deutsch

"Ein Mann, der von seiner Heimat verlassen wurde"

Paperback - Hardcover - e-book

Maarouf English

"The incredible story of a man abandoned his homeland by force"

Paperback - Hardcover - e-book

■ **Sunduğumuz hizmetler:**

Almanca, İngilizce, Fransızca ve Türkçe dillerinde uzman edebi kitap çevirileri.

• Editörlük - Almanca, İngilizce, Fransızca, Türkçe
• Düzeltme - Almanca, İngilizce, Fransızca, Türkçe

Siz de eser(ler)inizin çevirisini yapmak ve ek hizmetlerimizden (redaksiyon, düzenleme, kitap kapağı tasarımı, illüstrasyon & kitap dizgisi) yararlanmak istiyorsanız bize ulaşın.

➤ Talebinizi bize e-posta ile gönderebilirsiniz.

■ **Nous offrons:**

Des traductions littéraires professionnelle des livre en allemand, anglais, française et turc.

• Lectorat - Allemand, Anglais, Français, Turc
• Lecture de correction - Allemand, Anglais, Français, Turc

Vous êtes également intéressé par la traduction littéraire de votre ou vos œuvres et par le bénéfice de nos services complémentaires (relecture, correction, conception de couvertures de livres, illustration et composition de livres).

➤ Alors envoyez-nous votre demande par e-mail.

■ **Wir bieten:**

In den Sprachen Deutsch, Englisch, Türkisch und Französisch fachgerechte literarische Buchübersetzung an. Zusätzlich;

• Lektorat - Deutsch, Englisch, Türkisch, Französisch
• Korrekturlesen - Deutsch, Englisch, Türkisch, Französisch

Sie haben auch Interesse Ihr Werk oder Ihre Werke literarisch zu Übersetzen und von unseren zusätzlichen Dienstleistungen zu profitieren (Lektorat, Korrekturlesen, Buchcover Design, Illustration & Buchsatz).

▸ Dann schicken Sie uns Ihre Anfrage per Email.

■ **We offer:**

Professional literary book translation in German, English, Turkish and French.

• Editing - German, English, Turkish, French
• Droofreading - German, English, Turkish, French

You are also interested in literary translation of your work(s) and benefit from our additional services (Editing, droofreading, book cover design, illustration & book typesetting).

▸ Then send us your request by email.